Karin Buchholz
Stadtgezeiten

1. Auflage 2013

Copyright © Karin Buchholz 2010-2013
*www.karin-buchholz.com*

*ebenfalls als ebook und Hardcover-Ausgabe erhältlich.*

Die Deutsche Nationalbibliothek verzeichnet diese Publikation in der Deutschen Nationalbibliografie. Detaillierte bibliografische Daten sind im Internet unter *http://dnb.d-nb.de* abrufbar.

Gestaltung und Layout: kopfüber *a. robert buchholz*
Sämtliche Rechte vorbehalten
Herstellung und Verlag: BoD - Books on Demand, Norderstedt
Typografie: Adobe® Garamond Pro

ISBN 978-3-7322-3908-5

Karin Buchholz

# Stadtgezeiten

# Stadtgezeiten

# Himmelslöcher

Es ist der letzte Tag des Jahres, und ich werde heute Abend ganz gegen meine Gewohnheit an einer großen Silvesterparty teilnehmen: Viele Menschen, laute Musik, ein Jahresausklang wie ein Paukenschlag.
Mir fiel nichts anderes ein...

Einmal zuvor erst hatte ich den Neujahrsbeginn in Hamburg erlebt. Unten am Hafen, umgeben von nachtschwarzem, glucksendem Wasser, auf dem einige Eisschollen wie verlorene Seelen dahin trieben. Um Mitternacht wurde der ebenso nachtschwarze Himmel von funkensprühenden, zischenden Raketen und Feuerwerkskörpern erhellt, alles war zuckendes Licht, ohrenbetäubender Lärm und verschwamm schon bald darauf in einer gigantischen Qualmwolke.
Das alles ist wie überall. Was mich wirklich faszinierte in dieser Nacht, war das Tuten der Dampfer, Boote und Schiffe, das mit tiefer, sonorer Stimme das Feuerwerk begleitete.
Um Mitternacht ertönen alle Schiffssirenen der großen und kleinen Pötte, die diese Nacht – aus welchem Grund auch immer – im Hafen verbringen, und es ist wie ein großer, einstimmiger Klagelaut, der den Boden

unter meinen Füßen erbeben lässt und in meiner Luftröhre nachklingt. Schiffe, die nicht fahren, sind wie Tiere, die in einem Käfig eingesperrt sind. Sie atmen die Sehnsucht nach Freiheit, nach Wind und salziger Gischt auf ihrer stählernen Haut, und ich bin Teil dieses alles durchdringenden Brummtons, der minutenlang in die Nacht hinausgeht. In ihm schwingt die Sehnsucht nach Aufbruch und freier Fahrt, nach dem Hinausgehen, dem sich-Verströmen, dem Fortgehen ohne zu wissen, ob und als wer man wiederkehrt.

Noch einmal wollte ich das erleben, dieses Gefühl, ganz und gar in einem einzigen Moment aufzugehen, mich zu verlieren in einem Geräusch der Sehnsucht...

Doch noch ist die Nacht fern. Es ist ein herrlicher, kalter Wintertag, Schneefelder strecken sich am Ufer der Elbe entlang, und es zieht außer mir viele Spaziergänger in die Sonne. Dick eingemummelt in wärmende Mäntel, Mützen und Schals gehen sie am großen Strom entlang, betrachten die Eisschollen, die behäbig auf den Wellen schaukeln und dabei ein leises Knirschen und Knistern flüstern. Ich passiere das staksige Seezeichen, das sich wie ein dürrer, rot-weiß-gestreifter, hoch erhobener Finger in den postkartenblauen Himmel streckt.

Ein alter Baum steht hier, direkt am Wasser, und streckt seine im Raureif erstarrten Äste bizarr von sich. Ein wundervolles Wintermotiv, doch ich habe keine Kamera dabei.

Hier ist es, als sei die Zeit am letzten Tag des Jahres eingefroren. Alles steht still, und selbst die Spaziergänger sprechen mit gesenkten Stimmen, um die Welt nicht zu stören, wenn sie sich dreht.

Mir ist, als trüge ich bei jedem Schritt noch das prallgefüllte alte Jahr auf meinen Schultern. Dreihundertfünfundsechzig vergangene Tage mit all ihren Ereignissen und Begegnungen, Missglücktem und Erfolgreichem, Erträumtem, Verworfenem, Unerledigtem. Es war ein gutes Jahr, und dennoch: es hat mich noch fest im Griff und mir scheint, als sei da gar kein Platz für ein ganzes, neues Jahr mit neuen dreihundertfünfundsechzig Kalenderblättern voller Gedanken, Entscheidungen, Pflichten, Freuden und Trauer. Ich bin noch so voll, so über-voll...

Ich gehe eine Weile am Ufer entlang bis zu einer kleinen Mauer, an der der Weg endet. Eine Weile lausche ich dem zischelnden Gespräch der Eisschollen zu meinen Füßen und beobachte einige Schiffe, die jetzt noch den Hafen verlassen und dem offenen Meer zustreben. Ich frage mich, wo sie wohl den Jahreswechsel erleben. Auf See? Oder schon in ihrem nächsten Hafen?

Ein großes Containerschiff stampft behäbig durchs Wasser und hinterlässt eine breite, eisfreie Spur, die sich aber schon bald wieder ganz selbstverständlich schließt. In ein paar Minuten schon erinnert nichts mehr an den Ozeanriesen, der hier vorübergezogen ist. Und doch verursacht jedes Schiff – ganz gleich, ob groß oder klein – Bewegung; Wellen, die irgendwo ans Ufer treffen, an Kaimauern schwappen, gegen die Pfähle und Duckdalben der Anleger spülen, Pontons schwanken oder Muschelkies flüstern lassen. Jede Welle erzeugt ihre ganz eigene Wirkung, so wie auch jeder Mensch seine eigenen Wellen im großen Fluss des Lebens verursacht. Und bisweilen ohne selbst zu wissen, wo diese Wellen anspülen oder Auswirkungen zeigen.

Ach, der letzte Tag des Jahres verführt wohl zum Philosophieren, denke ich kopfschüttelnd und kehre um. Auf der windschiefen Bank unterhalb des alten Baumes sitzt jetzt ein Mann mit einem Kind, das mit den Beinen baumelt und die Hände unter die Oberschenkel gesteckt hat. Seine rote Wollmütze leuchtet wie ein hingetupfter Farbklecks durch die sonst einheits-weiß-graue Szenerie.

Sie reden wohl über das bevorstehende Feuerwerk, denn der Junge sagt, gerade als ich die Bank erreiche:

„Du Papa, aber wenn Du da so Raketen nach oben schießt – hast Du denn gar keine Angst, dass Du das neue Jahr gleich wieder kaputt machst und Löcher reinschießt?!"

Ich muss lächeln. Kinderlogik... Doch ich bleibe stehen und bin gespannt auf die Antwort des Vaters, die auch nicht lange auf sich warten lässt. Offenbar ist er an knifflige Fragen seines Sohnes gewöhnt.

„Ach weißt Du", sagt er ohne zu zögern, „durch die Löcher kommt dann wenigstens frischer Wind ins neue Jahr. Das ist wie zuhause das Fenster aufzureißen: Dann kann all das Alte aus dem letzten Jahr raus und ganz viel Neues kann reinkommen."

Ich gehe ein paar Schritte und spüre seiner Antwort nach, da fegt wie aus dem Nichts eine Windböe über den schmalen Strand, wirbelt knisternden, glitzernden Schnee auf, der für einen kurzen Moment um uns herum tanzt – fast wie Feenstaub aus einem Märchen. Ich spüre die feinen Eiskristalle in meinem Gesicht, auf meiner Haut - und mit einem Mal...

...mit einem Mal verspüre ich eine unbändige Lust auf etwas Neues und viel frischen Wind:

Auf ein neues Jahr voller Löcher!

# Trambahn Linie 19

Häuserzeilen ziehen an mir vorbei, tausende Fensteraugen, die mich ansehen durch mein eigenes Fenster hindurch: ein trübes Waggonfenster, auf dem sich die schemenhaften Abdrücke menschlicher Finger und Hände im Gegenlicht der fahlen Sonne abzeichnen. Spuren von vergangenen Gesprächen. „Du, guck mal da!" und ein weiterer Finger berührt die Glasscheibe, die den Abdruck speichert bis zur nächsten Wagenreinigung. Spuren von alltäglichen Fahrten Unbekannter mit ebenso unbekanntem Ziel

Von Osten über die Altstadt nach Westen – sechsunddreißig Haltestellen. Die Trambahn Linie 19 ist meine Lieblingsstrecke. So viele Möglichkeiten liegen hier auf dem Weg. Sechsunddreißigmal könnte ich aussteigen. Sechsunddreißigmal bin ich heute schon sitzen geblieben.

Auch an der Endstation bleibe ich sitzen und fahre zurück. Auf dem Sitzplatz neben mir knistert das Zellophanpapier des Blumenstraußes unter den Erschütterungen der Trambahnfahrt, leicht schaukelt und zittert das kleine Gebinde auf seinem Platz hin und her.

„Die sind aber schön", sagt sie. Ich blicke hoch und vor mir steht eine Frau Anfang vierzig. ‚Zu alt für mich', schießt es mir sofort durch den Kopf, als ich ihr hübsches Gesicht sehe. Ein unnützer Gedanke. „Die Blumen", sagt sie, weil ich nicht antworte und deutet lächelnd auf den Strauß. Ich sehe sie noch immer ausdruckslos an. ‚Wenn sie wüsste, wo ich herkomme, würde sie mich nicht ansprechen', denke ich weiter, noch immer ohne zu antworten. Sie schüttelt den Kopf und dreht sich um. Sie wollte nur höflich sein, ein Gespräch anfangen – aber selbst das habe ich wohl verlernt inzwischen.

Ich lehne meinen Kopf an das winterkalte Fenster und hinterlasse dort nun selbst einen Abdruck. Der nassschwarze Asphalt gleitet unter der Bahn hinweg. Der Abstand zum Kantstein ändert sich, verschmälert die sichtbare Asphaltspur, verbreitert sich wieder. Ich folge der durchgezogenen weißen Markierungslinie, die uns monoton begleitet. Hin und wieder ein dreckiger Klumpen Schnee, der die Jahreszeit in Erinnerung ruft. Tauwasser spritzt in schmutzigen Tropfenbögen fort. Mein Blick verliert irgendwann den Halt.

Die Bäume entlang der Maximilianstraße stehen starr und laublos wie Wächter entlang der prachtvollen Häuser. An einigen hängen blau-weiße Fahnen herunter, die sich leicht im Wind bewegen. Schneereste türmen sich an den Straßenrändern auf und verdecken noch immer beharrlich die Grünflächen. Der Winter krallt sich fest an der Stadt. Ich erkenne Geschäfte mit bunten Auslagen und Plakaten. Werbung für eine mir fremde Welt. Menschen bevölkern die breiten Gehsteige, reden miteinander, leben...

*Stachus.* Die Tram hält an, die Türen öffnen sich und die Frau steigt hinaus in die Kälte. Ein letzter verständnisloser, fast gekränkter Blick von ihr streift mich, dann löst sich ihre Hand von der Haltestange und sie ist fort. Zurück in ihrem Leben, irgendwo da draußen. Die Begegnung mit mir schon bald vergessen. Ich bleibe sitzen, den Blumenstrauß neben mir, und schließe langsam die Augen.

Geräusche: Die Tür schließt sich. Füße scharren auf dem sandigen Linoleum. Gespräche murmeln durch den Waggon, kaum lauter als die Fahrgeräusche. Hin und wieder ein Lachen. Jemand hinter mir hustet. Ich tauche ein in die Geräuschkulisse dieses kleinen Kosmos, der mich fremd und vertraut zugleich umgibt.

Die Tram ändert jetzt ihren Rhythmus - am Maximilianeum fährt sie im Halbkreis. Auch ohne die Augen zu öffnen kenne ich die Strecke. Hunderte Male gefahrene Wege. Gleich sind wir am Max-Weber-Platz und dann am Ostbahnhof.

Fernverkehranschluss. Was für ein verlockendes Wort: Fernverkehranschluss. Ferne. Verkehr. Anschluss. Alles Dinge, nach denen ich mich sehne. Fernverkehranschluss – dieses Wort schmeckt gut. Ich öffne die Augen, nehme den Blumenstrauß, drehe ihn ein paar Mal in meinen Händen und drücke schließlich mein Gesicht in die kalten knirschenden Tulpenblüten. Ich atme tief ein: Frühling. Aufbruch. Vom Max-Weber-Platz ist es nicht so weit bis zum Friedhof Haidhausen. ‚Dort liegt meine Mutter‘, denke ich. ‚Sollte ich sie noch besuchen?‘
Ein Mann steht plötzlich neben mir. Unbemerkt ist er durch den Gang in Richtung Tür gekommen. Er tritt mir auf den Fuß, als die Trambahn abbremst, murmelt eine Entschuldigung und umfasst die Haltestange neben sich fester. Sein Atem ist gepresst, seine Wangen von feinen roten Äderchen durchzogen. ‚Oder rauf zum Friedensengel‘, denke ich weiter und verschränke meine Füße unter der Sitzbank. ‚In den Maximiliananlagen blühen vielleicht schon die ersten Krokusse.‘

*Ostbahnhof.* Fernverkehranschluss. Die Tram spuckt etwa zehn Fahrgäste aus und drei neue steigen ein. Ein junges Mädchen mit kleinen weißen Kopfhörern in den Ohren lässt sich auf den Sitz neben mir fallen. Dort, wo eben noch der Blumenstrauß lag.

Ich bleibe sitzen, die Türen schließen sich, die Tram rollt an. Fernverkehranschluss... verpasst.

Sie kaut offenbar im Rhythmus zur Musik ihr Kaugummi und macht stampfende Bewegungen mit dem Kopf. Ihr schwarz gefärbtes Haar klebt strähnig auf ihren Schultern, sie trägt einen silbernen Ring im Nasenflügel. Wieder hustet der Jemand hinter mir. ‚Erkältungswetter', denke ich und räuspere mich grundlos. Eine Frau zwei Reihen vor mir dreht sich zu mir um, doch ihr Blick meint mich nicht. Suchend gleitet er über mich hinweg, streift die Reklame- und Hinweisschilder und bleibt schließlich an der Tür hängen. Einen kurzen Moment schaut sie durch die schmalen Scheiben hinaus, so als suche sie eine alte Erinnerung, dann dreht sie sich wieder um.

An der St. Veit Straße hält die Tram – Endstation. Die letzten fünf Fahrgäste – darunter die Frau, das Kaugummi kauende Mädchen neben mir und ich – verlassen den Waggon. Die Luft ist eisig, und ich schlage mit der freien Hand den Jackenkragen hoch. Mein Atem macht kleine Wölkchen. Ich gehe gewohnheitsmäßig hinter den anderen her. Unsere Schritte hallen in seltsamem Gleichschritt über das Kopfsteinpflaster, als wir die Straße überqueren. Doch was will ich eigentlich hier?' Ich bleibe stehen, schaue mich um. Irgendwie ist es mir peinlich, dass ich nicht weiß, wohin ich will. Ich fühle mich beobachtet, so als würden alle den Kopf schütteln über mich. Wie die Frau vorhin, die mich auf die Blumen ansprach. Und wahrscheinlich haben sie Recht. Ich drehe mich langsam einmal um mich selbst. Da ist niemand. Überhaupt niemand. Auch niemand, der den Kopf über mich schüttelt. Ich bin allein.

Auch auf den trüben Türfenstern sehe ich jetzt Fingerabdrücke. Ich sitze wieder auf meinem alten Platz, neben mir der Blumenstrauß, und die Tram fährt wieder. Noch einmal dieselbe Strecke, wieder in entgegengesetzter Richtung. Es geht unter den Bahngleisen hindurch zurück zum Ostbahnhof. Von hier ist es ein Katzensprung. Oder doch nicht. Der Schatten, über den ich springen müsste, ist doch größer als ich dachte.

Die Isar glitzert in der Sonne. In Richtung Friedensengel fügen sich die beiden Wasserstränge wieder zu einem breiten Fluss zusammen. In der anderen Richtung sieht man die Gebäude der Praterinsel und dahinter die Museumsinsel. Bald werden die Bäume hoffentlich wieder Grün tragen, dann ist es hier besonders schön. Der Frühling in München war schon immer herrlich.

Wieder der Halbkreis am Maximilianeum. Ob wohl der Engel Aloisius aus Ludwig Thomas Geschichte endlich den Weg hierher gefunden hat? 1911 hat er sie geschrieben. Sie hat mir immer gut gefallen. ‚Der kann doch nicht ganze hundert Jahre im Hofbräuhaus gesessen haben', denke ich kopfschüttelnd. ‚Unwahrscheinlich. Sehr unwahrscheinlich.' Auf dem Dach des Landtags steht Pallas Athene mit Kleid und Kriegshelm. Sie schaut uns nach, wie wir die Maximilianstraße entlangrattern - kleine blaue Waggons wie aus dem Spielzeugladen, an einer unsichtbaren Schnur gezogen, die in den schmalen Gleisen quietschen und brummen. Nein, nicht brummen. Mir fällt kein Wort ein, das dieses Geräusch beschreibt. ‚Wenn eine Straßenbahn an Dir vorbeifährt: Was ist das für ein Geräusch...?'

Von hier ist's nicht weit zum Hofbräuhaus. ‚Warum schau ich nicht nach, ob Aloisius noch dasitzt?' denke ich einige Minuten später, gerade als ein dickes Ehepaar in Lodenmänteln und Trachtenhüten einsteigt. Sie lachen und reden laut und nehmen irgendwie gleich den ganzen Waggon ein. „Gell, des is doch a mol wos", sagt sie und haut ihrem Begleiter mit ihrer fleischigen Hand auf die Schulter. „Des homa a no net g'habt!" Er lacht und nickt zustimmend.

Aloisius wird alleine weiter trinken müssen.

Schauspielhaus, Kammerspiele. Die Oper zieht vorbei. Auf den Stufen unterhalb der Säulen stehen Menschen, unter ihnen viele Asiaten mit Photoapparaten im Anschlag.

Im Sommer sitzen sie hier: Pärchen, Gruppen Jugendlicher, Geschäftsleute mit Pappkaffeebechern in der Mittagspause, Alte und Junge. „Ganz München und die Welt trifft sich an der Oper", sagte meine Mutter immer.

Ganz München und die Welt...

Das Herz der Stadt schlägt laut. Ich kann es durch die geschlossenen Waggonfenster und -türen hören. Der Verkehr schlängelt sich unaufhörlich durch die Straßen, nur vom immergleichen Rhythmus der Ampelschaltungen unterbrochen, unermüdlich und rastlos. Wo wollen all die Menschen nur die ganze Zeit hin? Ob sie wirklich alle ein Ziel haben? Oder folgen sie nur lemmigegleich einem unergründlichen Trieb, der sie nach einem unsichtbaren Muster sinnfrei in der Stadt umherbewegt?

Zurück am Stachus. Hier steht im Winter die Schlittschuhbahn. Menschen gleiten auf der Eisfläche umher wie Spielfiguren, von unsichtbarer Kraft angetrieben drehen sie ihre Kreise, einige Mutige wagen sich an Pirouetten, laufen sogar rückwärts. Ein Bild wie aus einem Kinderbuch. Auch hier ist alles voller Menschen, immer, das ganze Jahr hindurch. Von hier sind es nur ein paar Minuten zur Frauenkirche. Am Stachus muss man gewesen sein, sonst hat man München nicht gesehen...

Ein ganzer Schwarm Schulkinder steigt ein, sie lachen und schubsen sich, bringen Unruhe herein. Glatte Schlittschuhkufen baumeln von ihren Schultern und spiegeln das winterweiße Licht in hüpfenden Punkten über die Gesichter der Fahrgäste. Die Tram rumpelt weiter. Ein Kind weint und der Alte vor mir zieht eine neue Prise Schnupftabak in die Nase. Sein Hut mit dem wippenden Gamsbart liegt neben ihm auf dem Sitz. Wieder huscht ein Lichtpunkt über meine Jacke. Vorsichtig nehme ich ihn in die Hand.


Nächster Halt Hauptbahnhof. ‚Von da aus sind wir früher immer zur Wies'n rüber. Aber jetzt im Jänner...' Ich schaue wieder den Häusern zu, die an meinem Fenster vorbeiziehen. Wie viele Fenster. Wie viele Leben. Wie viele Geschichten. Eine ganze Stadt voller Geschichten, voller Schicksale und voller Gedanken. Wenn man ganz still wird, kann man sie hören...

„I sog's ja immer – genau so isses! Genau so!" dröhnt die Lodenmantelfrau durch meine Gedanken hindurch und ihre Hand kracht ihrem Mann noch einmal auf die Schulter.

Ich schließe wieder die Augen. Es ist wohltuend, unter diesen fremden Menschen zu sein. Alles, was wir gemeinsam haben, sind die nächsten ein, zwei Haltestellen – alles davor oder danach ist uns fremd, niemand weiß etwas vom anderen. Wir teilen nur diesen kurzen Weg, nur diese begrenzte Zeit gemeinsam in einem schaukelnden Trambahnwaggon, der uns währenddessen durch Münchens Vergangenheit und Gegenwart in unsere Zukunft fährt. Vorbei an steinernen Statuen und Monumenten, die wie eingefrorene Momentaufnahmen sind: Stand–Bilder im wahrsten Sinn des Wortes. Sie stehen still inmitten den lebendigen Münchener Alltags, sie erzählen bewegungslos Geschichten – eine Art unbewegliche Pantomine – und nur wenige schauen hin.

*Am Knie.* Hier haben wir früher gewohnt. Eine recht hübsche Wohnung im zweiten Stock, leider ohne Balkon. Ich sehe sie vor mir: Helle, leicht gemusterte Tapeten, ein schmaler Flur und ein winziges Bad, in dem es immer nach Putzmitteln roch. Und meine Mutter, wie sie Tulpen ins Wasser stellt. Das alles ist so lange her... so Vieles ist passiert seitdem.

*Pasing Marienplatz.* Endstation. Ich öffne die Augen – ich bin allein im Waggon. Die übrigen Fahrgäste sind schon wieder in ihr Leben zurückgekehrt, sind ausgestiegen, ohne dass ich es bemerkt hätte. Wieder stehe ich eine Weile in der Kälte herum, stampfe von einem

Fuß auf den anderen und sehe meinen Atem in der Luft gefrieren. Und wieder weiß ich nicht, wohin ich gehen soll.

Als mich schließlich die nächste Trambahn – heute schon zum vierten Mal – am Maximilianeum vorbeiführt, habe ich die letzten Stunden nur mit Momentaufnahmen wildfremder Menschen geteilt, Menschen, mit denen ich nichts zu tun hatte, mit denen ich nicht geredet habe. Menschen, die mir ohne es zu wissen Geborgenheit gaben und die nichts dafür von mir erwarteten – und auch nichts von mir bekamen. Nichts?

An der Kreillerstraße steige ich aus. Ich nehme die U-Bahn und vom Fasangarten aus gehe ich zu Fuß. Der Weg ist mir vertraut. Ich brauche keinen Stadtplan. Den Weg zurück in die JVA* Stadelheim finde ich blind. Meine ersten fünfeinhalb Stunden Freiheit in der Tram sind vorüber.

Am Stachus wird schließlich eine Frau die Blumen mit nach Hause nehmen, die herrenlos auf einem der Trambahnsitze liegen. Frühlingsgrüße eines Fremden.

*\* Justizvollzugsanstalt*

# Schattenbilder

Ein alter Mann betrachtete die Bilder in einer Galerie. Es waren Photographien, schwarz-weiße Aufnahmen, die alle eines gemeinsam hatten: sie zeigten menschliche Schatten. Große, kleine, je nach Sonnenstand gedehnte oder gestauchte Silhouetten mit Hüten oder Taschen, wehenden Kleidern oder Haaren. Nie sah man die Menschen, denen diese Schatten gehörten – immer nur ihre Schatten. Sie lagen flach auf dem Asphalt, zogen sich an Häuserwänden empor oder ruhten verwinkelt auf Treppenstufen. Es waren Schatten auf Rasenflächen oder Sand, im Wasser oder auf Beton, viele hunderte von ihnen hatte der Photograph abgelichtet.

Lange Zeit verbrachte der alte Mann in der Galerie, bis er schließlich einen schmalen Erker betrat, in dem – umgeben von weiteren Schattenphotographien – zwei Sessel standen. Auf dem einen saß ein Mann, der ausgezehrt und müde wirkte. Er hatte die Ellenbogen auf die Knie gestützt und den Kopf gesenkt – er betrachtete den Boden zu seinen Füßen und sah nicht auf, als der alte Mann nähertrat. Dieser setzte sich still in den anderen Sessel und betrachtete den Jüngeren eine Weile.

„Gefällt Ihnen die Ausstellung?" sprach er ihn schließlich an, und der Mann sah erstaunt hoch.

„Wie bitte?

„Entschuldigung, ich wollte Sie nicht erschrecken", fuhr der Alte fort. „Ich hatte Sie gefragt, ob Ihnen die Ausstellung gefällt.

„Nein", antwortete der Jüngere schnell und schüttelte betrübt den Kopf. „Nein, keines der Bilder gefällt mir."

„Und warum sind Sie dann hier?

„Es ist *meine* Ausstellung", seufzte der Mann und zuckte resigniert mit den Schultern. „Einem Freund von mir gehört diese Galerie, und er sagte, die Bilder seien ‚besonders' und ich solle unbedingt eine Ausstellung machen."

„*Sie* haben die Photographien gemacht?" fragte der Alte interessiert. „Nun, dann können Sie mir sicherlich eine Frage beantworten: Warum haben Sie ausschließlich Schatten photographiert – nie die Menschen, zu denen sie gehören?"

Der jüngere Mann schaute den Alten einen langen Moment schweigend an. Etwas in dessen Stimme, seiner Art, wirkte vertraut, und so begann er schließlich zu erzählen:

„Es gab eine Zeit in meinem Leben, in der ich sehr verzweifelt war. Ich suchte nach mir, dem Sinn des Lebens, stellte viele Fragen und fand keine Antworten.

Ich suchte sie in Zerstreuung, im Alkohol, in Drogen, bis mich der Weg schließlich in ein Kloster führte. Kurz vor seinem Tod sagte mir ein alter Mönch, dem ich dort begegnet war, jeder Mensch habe einen ständigen Begleiter – einen Schutzengel, auf den er sich alle Zeit verlassen könne. Niemand sei je allein. – Ich wollte ihm so gern glauben, aber ich fühlte mich noch immer allein, sehr allein. Als nun auch noch der alte Mönch starb, blieben mir nur seine Worte. Und seither suche ich nach einem Beweis für sein Versprechen. Ich suche diese Schutzengel – überall, schon seit vielen Jahren. Ich habe für diese Suche alles aufgegeben, Freunde, Familie, all mein Geld. Doch das Einzige, was ich finden konnte, waren die Schatten. Sie sind das Einzige, was jeden Menschen auf allen Wegen begleitet, nichts außer ihren Schatten. Doch nie sah ich einen Engel unter ihnen – auf keinem meiner Bilder vermag ich einen zu erkennen. Doch ich will wissen, ob es sie wirklich gibt. Denn *wenn* es sie gibt, dann wird meine Kamera es beweisen."

„Und wenn nicht?" fragte der Alte leise.

„Dann sind wir eben doch allein. Dann ist alles hoffnungslos. Niemand ist da, der uns begleitet, uns versteht und uns hilft. Niemand." Der Mann seufzte tief. „Seit so vielen Jahren bin ich nun schon auf der Suche.

Ich bin so müde – und noch immer allein." Resigniert ließ er die Hände in den Schoß sinken und senkte wieder den Blick zu Boden. „Ich denke, es ist wohl besser, ich gebe meine Suche auf."

„Nun", erwiderte der Alte und erhob sich langsam aus seinem Sessel. „Das wäre schade, denn ich bin mir sicher, Sie werden Ihre Engel finden. Aber wohl nicht unter den Schatten. Schauen Sie sich die Menschen an, zu denen diese Schatten gehören, und Sie werden die Engel unter ihnen erkennen. Sehen Sie ihnen in die Augen, hören Sie ihnen zu. Man sieht die wahren Engel nur mit dem Herzen, nicht durch eine Kamera."

Mit langsamen Schritten verließ der Alte den Raum und in der Silhouette seines Schattens sah der Jüngere für einen sehr kurzen Moment zwei große Engelsschwingen.

# Hamburger Sternschnuppen

*(Dialoge besonders schön in Hamburger Dialekt gelesen)*

„Erinnert Ihr Euch noch an den alten Fritz Hansen?"
fragte die rothaarige Rita hinter dem Tresen der
*„Schrägen Ecke"* gerade, als ich zusammen mit einem
Schwall Hamburger Schmuddelwetters die Kneipe
betrat. Es war schummrig, in einer Ecke blinkte und
dudelte ein Spielautomat einsam vor sich hin, und nur
an zwei der dunklen Holztische saßen Leute. Ich zog
Mantel und Schal aus und ging zum Tresen, an dem
die allabendlichen zwei Stammgäste auf ältlichen Bar-
hockern saßen und sich mit verschränkten Armen am
blankpolierten Holz abstützten.

Rita hatte nur kurz aufgeblickt und sich dann wieder
den beiden Männern am Tresen zugewandt. „Ihr wisst
schon", fuhr sie fort, „der alte Fritz Hansen von gegenüber. Da drüben hat er gewohnt!" Ihr linker Zeigefinger deutete unbestimmt aus einem der großen
Fenster zur Straße hinaus. Eine schmuddelige Gardine
versperrte die Sicht auf das abendliche Eimsbüttel, ein
Übriges taten die eingestaubten Sanseverien und Zim-
merpalmen, die in geschmacklosen Übertöpfen auf
dem Fensterbrett standen.

„Friedrich", nuschelte Kurt Paschke, während sein Zeigefinger Luftkreise über seinem leeren Schnapsglas drehte und damit versuchte, Ritas Aufmerksamkeit zu bekommen. „Der hieß *Friedrich* Hansen", setzte er noch einmal zur Klarstellung hinzu, während Rita eine eisgekühlte Flasche Korn aus dem Kühlschrank holte und die klare Flüssigkeit durch eine metallene Tülle ins Glas goss.

„Ja, oder so", winkte sie ab. „Du weißt ja, wen ich meine."

Ich hatte auf einem der anderen Barhocker Platz genommen, als Rita ein Bierglas auf einen Pappdeckel vor mich stellte. Ich wohnte erst seit ein paar Wochen im Viertel und war bisher vielleicht viermal hier gewesen, aber Rita war eine Vollblut-Wirtsfrau, die sich solche Details bei all ihren Gästen merkte. Ich nickte ihr zu und nahm einen ersten, langen Schluck.

„Und wie kommst Du nun gerade auf den?" fragte jetzt Peter Krause, wobei die Zigarette in seinem Mundwinkel hin- und herwippte. Er hatte das Rauchen schon vor Monaten aufgegeben und mit dem neuen Nichtraucher-Gesetz hätte er hier ohnehin keinen blauen Dunst mehr verbreiten dürfen. Doch aus alter Gewohnheit hatte er ständig eine kalte Zigarette im Mund, die er auch beim Reden nicht herausnahm.

Auch trotz der nun rauchfreien Zone roch es in der Kneipe verqualmt von den Jahrzehnten des Tabakkonsums, der teerig in die Poren der altmodischen Korktapete und hinter die staubigen Bilder gekrochen war. Düstere Schiffsmotive mit schwerer See und Sturm hingen in wuchtigen Goldrahmen an den Wänden. Wenn man sie fortnähme, würden sich ihre Umrisse scharf auf der dunstgeschwärzten Wand abzeichnen.

„Wie kommst Du auf wen?" fragte Tresennachbar Paschke und schaute mit glasigem Blick zu Krause hinüber.

„Na, auf den Hansen", erklärte Krause etwas ungeduldig und sah Rita fragend an.

„Na, wegen dem Zeitungsartikel. Heute. Im Abendblatt. Da steht: *‚Sternschnuppen-Regen über Hamburg – Heute weint der Himmel'.*" Umständlich entfaltete sie einen mehrfach geknickten Zeitungsartikel und hielt ihn hoch.

„Also, Rita, *regnen* tun die ja nicht, die Sternschnuppen. Eigentlich *verglühen* die ja. Und weinen tut der Himmel da auch nicht. Weil das ja eben kein Regen ist, ne?!" konstatierte Paschke und setzte sein leeres Schnapsglas mit einem nachdrücklichen *Klack!* auf dem Tresen ab.

„Ja, ja...", machte Krause und trank nun auch sein Schnapsglas leer. „Mach uns man noch mal zwei, Rita", sagte er und zeigte auf ihre beiden Gläser. Rita holte noch einmal den eisigen Schnaps aus dem Kühlschrank und schenkte nach. Im Nu beschlugen die Gläser, sie alle schwiegen. Rita brachte zwei frische Biere an einen der Tische, sammelte die leeren Gläser und zwei Teller auf ihr Tablett und kam zurück zum Tresen.

„Also der Hansen, das war ein *feiner Mann*", sagte sie dann, während sie die Gläser spülte. „Ein *richtig feiner Mann*. Das war *ein Herr*, kann man sagen." Nachdrücklich nickte sie und begann, die Gläser zu polieren. „Immer samstags kam er. Abends. Immer samstags. Jede Woche", fuhr sie fort. Krause und Paschke nickten stumm. „Und, wisst Ihr noch: letztes Jahr kam doch auch so'n Sternschnuppen-Regen hier über Hamburg runter..."

„Ach, nochmal Rita: Das *ist* kein Regen...", nörgelte Paschke, aber Rita und Krause winkten bloß ab.

„Auf jeden Fall hat sich der Hansen die Sternschnuppen abends von seinem Balkon aus angeguckt. Das hat er mir erzählt. Ganz viele hat er gesehen, hat er gesagt. Er hat auf seinem Balkon in der offenen Küchentür gestanden und immer bloß geguckt. Und eine nach der anderen ist da über den Himmel gesaust. Und ich hab ihn gefragt, ob er sich denn auch was gewünscht

hat, und er hat ganz feierlich gesagt: ‚Ja, jedes Mal.'
Und ob das denn auch in Erfüllung gegangen ist, hab
ich ihn gefragt, und er hat gesagt: ‚Ja, jedes Mal.' Und
dann hat er mich gefragt..."

„Moment mal, Rita." Krause war plötzlich hellhörig
geworden. „Der hat ne Küche mit ner Balkontür?? Wo
gibt's denn so was? Hast Du schon mal von ner Wohnung gehört, wo die Küche ne Balkontür hat?" Paschke
schüttelte den Kopf. „Also ich auch nicht", fuhr Krause
fort. „Das gibt's gar nicht, so ne Wohnung!" Er stützte
eine Hand auf dem Oberschenkel ab. „Also Rita, mal
ehrlich: Ich glaub', der hat Dir'n Bären aufgebunden!"

„Was hat er Sie denn gefragt?" unterbrach ich die uner-
giebige Diskussion um Hansens Balkontür, woraufhin
mich alle drei Augenpaare anblickten, als hätten sie erst
jetzt meine Anwesenheit bemerkt.

Rita fing sich als erste. „Er hat mich was ganz Komi-
sches gefragt", sagte sie. Sie hängte die polierten Gläser
über Kopf in die Halterungen oberhalb des Tresens
und lehnte sich zu mir herüber. Dann fuhr sie mit
gesenkter Verschwörerstimme fort: „Er hat mich
gefragt: ‚Frau Rita' – also: er hat immer ‚Frau Rita' zu
mir gesagt, ne?. Das war ein *ganz feiner Mann*, der

Herr Hansen – Also: 'Frau Rita', hat er gefragt, 'Wär es nicht schön, wenn man Sternschnuppen einfangen und in einem großen Glas auf der Fensterbank sammeln könnte?' Da hab ich ihn ganz groß angeguckt. Was ist das denn für ne komische Frage, hab ich gedacht. Und dann hat er gesagt: 'Schauen Sie mal, Frau Rita, es ist doch so: Manchmal ist man doch auch wunschlos glücklich. Da kommt dann eine Sternschnuppe und man weiß gar nicht, was man sich wünschen soll. Dann wär das doch schön, wenn man die Sternschnuppe aufheben könnte. Wenn man dann irgendwann wieder einen Wunsch hat, könnte man sie aus dem  Glas herausnehmen und sich was wünschen. Und dann ginge das in Erfüllung. ... Oder man könnte doch auch jemandem einen Wunsch schenken. Wäre das nicht wunderbar?' — hat er gesagt!" Rita richtete sich wieder auf und machte ein wissendes Gesicht. *„Darüber* müssen Sie mal nachdenken...! – Das war nämlich *ein ganz gebildeter Mann,* dieser Herr Hansen", setzte sie mit einem Kopfnicken hinzu.

Wortlos stellte sie nun auch ein Schnapsglas vor mich hin und schenkte erst mir, dann Paschke und Krause und schließlich auch sich selbst ein.

Schweigend tranken wir.

Es war diese Stille, die immer nach einer guten Pointe eintritt, wenn alle Zuhörer noch der Geschichte nachspüren, noch einen Moment in ihren Gedanken und Bildern verharren...

„Trotzdem, so ne Wohnung gibt das gar nicht! Also nicht in Hamburg", setzte Krause schließlich noch einmal entschieden nach – und die Magie des Moments war vorbei.

„Mensch, das ist mir doch egal, ob der ne Balkontür in der Küche hat", brauste Paschke auf. „Das ist doch wohl so-was-von-egal! Ende der Diskussion!" Abschließend schlug er mit seiner gichtigen Hand auf den Tresen.


Ich legte nun einen Fünf-Euro-Schein neben meinen Bierdeckel, steckte meine Brieftasche zurück in die Hosentasche und griff nach meinem Mantel. Schweigend nahm Rita das Geld, mit einer Handbewegung bedeutete ich ihr „stimmt so". Dann nickte ich ihr zu und verließ das Lokal. „Dann mach uns man noch mal zwei, Rita" hörte ich Paschke sagen, als ich die Tür hinter mir schloss.

Ich schlug den Mantelkragen hoch und überquerte die Straße. Ein paar Lichter spiegelten sich im nassen Asphalt, in der Entfernung heulte eine Polizeisirene. Die Ampel an der Straßenecke schaltete auf Rot und ich öffnete die schwere, abgestoßene Holztür zum

Treppenhaus. Drei Treppen später trat ich in die Wohnung, der Lichtschalter knackte und die Deckenlampe warf ihr schlammiges Licht in den Flur. Als ich die Küche betrat, fiel mein Blick als erstes auf das große Vorratsglas auf der Fensterbank... Es war leer – was hatte ich erwartet? Etwa, dass mein Vater, Friedrich Hansen, mir ein paar Sternschnuppen hinterlassen hätte?

Ich öffnete die Balkontür und trat von der Küche hinaus auf den schmalen Austritt mit dem schmiedeeisernen Geländer. Schräg unter mir, auf der anderen Straßenseite, verließ gerade ein Pärchen die *„Schräge Ecke"* und verschwand Arm in Arm in der Dunkelheit. Die Ampel sprang auf Grün, ein Auto bog in die Seitenstraße ein. Ich schaute zum Himmel und drückte das Vorratsglas an meinen Mantel während mein Atem in der Nachtluft kleine Wolken formte.

In dieser Nacht sammelte ich viele Sternschnuppen – ich würde sie einlösen, sobald ich wieder einen Wunsch hätte.

# Stadtparkgedanken

Als wäre es nicht schon genug, dass Fabian ihr vor vier Tagen Knall auf Fall erklärt hatte, er würde sie wegen einer anderen Frau verlassen und noch am selben Tag aus der gemeinsamen Wohnung ausziehen, nein: ausgerechnet diese Woche musste sie einen Artikel über das neue Scheidungsrecht für die Zeitung fertigschreiben!

Jetzt saß Julia schon seit Stunden vor dem immer noch leeren Laptopbildschirm und nur spärlich würgten sich ein paar ungelenke Formulierungen aus ihrem Kopf heraus, die schon bald darauf von der Löschtaste wieder ausradiert wurden. Auf dem Tisch verstreut lagen die Computerausdrucke und Vierfarbbroschüren, die sie bei ihren Recherchen aufgetan hatte, aber die unerbittliche Sachlichkeit dieser Informationen, die bürokratische Kälte, mit der eine Trennung darin behandelt wurde, war für sie unerträglich. Das alles hatte nichts mit dem wirklichen Leben zu tun! Was wussten diese Bürokraten schon von dem, was eine Trennung wirklich ausmachte? War ihnen bewusst, dass dieser zentnerschwere Stein in ihrem Magen durch Unterhaltszahlungen nicht weniger wog? Wussten sie, wie es war, wenn das gesamte Leben sich urplötzlich in Luft auflöste und an Stelle von gelebter Gemeinsamkeit bestenfalls gepflegte Anwaltskorrespondenz trat? Wusste einer dieser Beamten um den allmorgendlichen Schmerz, wenn das Bett neben einem unbenutzt, die Kissen glatt und das Leben leer waren? All das war eine unsichtbare, verstörende Welt hinter den Paragraphen, und Julia konnte das eine nicht vom anderen trennen.

Immer wieder sah sie Fabian vor sich, immer wieder glitten ihre Gedanken in gemeinsame Erinnerungen zurück, Sepiabilder wie aus einem alten Familienalbum, das sie nun zuklappen und im Schrank verstauen sollte. Aber das ging nicht so einfach. Jedenfalls nicht für sie.

Fabian dagegen hatte völlig cool gewirkt. Es war kein „Gespräch" gewesen, es war eine pure „Informationsveranstaltung", als er am Samstag abend genau hier, in ihrem Wohnzimmer, zum ersten Mal in ihrem gemeinsamen Leben das Wort Trennung benutzte. Und gleich beim ersten Mal meinte er es ernst, ganz ohne den Versuch, sich doch noch einmal zusammenzuraufen. Ganz ohne Chance. Und ohne ihr einen Grund zu nennen – mal abgesehen davon, dass er (wie lange schon?) eine Geliebte hatte, mit der er von nun an zusammen sein wollte. Doch warum *hatte* er überhaupt eine Geliebte?

Wütend wischte Julia über den Tisch und etliche Papiere flatterten durchs Zimmer auf den Dielenboden. Sie hatten sie bei ihrem Einzug selbst abgeschliffen und geölt, diese Dielen. Es waren *ihre* Dielen, *ihre gemeinsamen* Dielen, auf denen ihr Leben stattgefunden hatte... Julia starrte auf die Maserung des Parketts bis es vor ihren Augen verschwamm. Warum konnte sie nicht einfach richtig wütend sein, einfach nur sauer? Warum hörten diese verdammten Tränen nicht auf?!

Julia sprang so heftig auf, dass der Stuhl nach hinten zu Boden krachte. Sie hob ihn auf und knallte ihn auf die Dielen zurück. „*Scheiße!*" schnaubte sie und wischte sich mit dem Pulloverärmel die Tränen aus dem Gesicht.

Sie hörte ihre eigenen Schritte den langen Flur hinunter bis zur Garderobe gehen, sie griff nach ihrer Jacke, blickte beim Anziehen einen Moment lang versteinert auf den leeren Haken neben ihrem, öffnete die Wohnungstür und trat in den muffigen Altbauflur. Sie musste hier raus, einfach raus, frische Luft schnappen, laufen, sich abreagieren!


Auf der Treppe begegnete ihr die alte Frau Thaler aus dem dritten Stock, die schnaufend auf einem der Treppenabsätze pausierte. Zum Glück war sie außer Atem, so entkam Julia ihr mit einem kurzen Gruß und einem aufmunternden Lächeln. Die schwere Haustür quietschte langgezogen und vertraut, und als Julia aus dem Hauseingang trat bemerkte sie, dass es zu regnen begonnen hatte. Ein leichter, sanfter Sommerregen besprengte den Gehsteig und die kleine normale Welt, in der sie bis vor wenigen Tagen gelebt hatten. Nun wirkte alles leer und sinnlos.

Julia schlug den Jackenkragen hoch, schloss den obersten Knopf und stapfte los in Richtung Stadtpark.

Wieso dreht sich diese verdammte Welt einfach so weiter? schoss es ihr durch den Kopf, während ihre Absätze laut vom Pflaster widerhallten. Sie ging schnell, der Regen bildete inzwischen einen Film auf ihrem ganzen Gesicht, das feine Gespinst hatte schon bald Tropfen an ihren Haaren gebildet, die nun unter ihren Kragen drangen und ihren Nacken hinunterliefen. Fast hätte sie die rote Ampel übersehen, hatte einen Fuß schon auf die Fahrbahn gesetzt, als das schrille Hupen eines Lieferwagens sie jäh aus ihren Gedanken aufschreckte. *Mann!* Wasser spritzte gegen ihre Hosenbeine, und sie sprang zurück auf den Gehsteig.

Die Menschen, die ihr begegneten, duckten sich unter ihre Schirme und Kapuzen und blickten griesgrämig aus zusammengekniffenen Augen in die graue, verregnete Stadt. Ein trostloser Tag in einer trostlosen

Situation, dachte Julia. Alles passte irgendwie zusammen: innen und außen, Stimmung und Wetter gingen heute eine unheilvolle, bleigraue Allianz miteinander ein, die alles um sie herum verdunkelte.

Sie erreichte den Sandweg, der von Norden in den Stadtpark hineinführte, und sofort verstummte der Verkehrslärm. Sie ließ die Stadt hinter sich und tauchte ein in dunkles sattes Grün, in dem der graue Nieselregen nur noch als beruhigendes Geräusch auf den Blättern zurückblieb. Sofort öffnete sich Julias Brust und sie tat einige tiefe Atemzüge. Ihr Schritt verlangsamte sich und sie folgte ohne nachzudenken dem gewundenen Weg durch den Park. Wenige Menschen waren unterwegs – ein Jogger begegnete ihr und eine Frau mit einem Kinderwagen, aus dem ein kleiner Junge fragend durch die mit Wassertropfen bedeckte Plastikabdeckung linste.

Kinder... Fabian hatte keine Kinder gewollt – er fand Kinderkriegen spießig und kleinbürgerlich. Er wollte keine Menschen in diese kranke Welt setzen, hatte er verkündet, und auch wenn ihre eigenen Ansichten weniger radikal waren, musste Julia ihm doch zumindest teilweise Recht geben. Außerdem hatten sie ja noch Zeit... soviel Zeit. Vielleicht später...

Doch dieses Später würde es für sie nun nicht mehr geben.

Fabian war fort. Nur noch ein paar wenige Dinge in der einstmals gemeinsamen Wohnung erinnerten daran, dass er überhaupt jemals dort gewesen war, und Julia konnte sich nicht vorstellen, dass sie jemals wieder einen Mann in ihrem Leben würde ertragen können. Er hatte ihr Vertrauen so sehr verletzt, ihr nicht einmal eine Chance gegeben, es zu verstehen!

Es hatte aufgehört zu regnen, als Julia das Rondell erreichte, in dessen Zentrum eine sehr alte Baumgruppe stand. Der Sandweg führte im Kreis um diesen Mittelpunkt herum, und etwa zehn Parkbänke reihten sich an ihm entlang.

Julia wählte den Weg nach links. Ein paar schwache Sonnenstrahlen fanden ihren Weg durch das dichte Blätterdach. In munteren Lichtpunkten tanzten sie über den Sandweg, der unter ihren Schritten knirschte, und für einen kurzen Moment waren ihre Gedanken abgelenkt und nicht mehr bei Fabian. Sie blieb stehen und betrachtete die schaukelnden Lichter, folgte ihnen mit den Augen, bis die Stimme einer alten Frau sie aus ihren Gedanken zurückholte. Die Frau saß auf einer der Bänke und sah sie offen und freundlich an. Sie war mindestens achtzig Jahre alt und trug einen cremefarbenen Trenchcoat. Aus den abertausend Falten des alten Gesichtes blitzten Julia zwei sehr junge, wache Augen entgegen.

„Wunderschön, nicht wahr?" hatte sie gefragt und Julia zugenickt. „Tanzendes Licht, das die Seele lächeln lässt."

Julia wusste nicht, ob das ein Zitat war, das sie hätte kennen müssen oder ob sich die Dame das selbst ausgedacht hatte... beschloss dann aber sofort, dass es überhaupt nicht wichtig war, wer das gesagt hatte. Es stimmte: Ihre Seele hatte tatsächlich für einen Moment gelächelt.

Spontan fragte sie: „Darf ich mich einen Moment zu Ihnen setzen?"

„Aber gern, meine Liebe", antwortete die Frau freundlich und zeigte auf den freien Platz neben sich, „nehmen Sie sich einen Moment Zeit für Ihre Seele!"

Julia setzte sich und betrachtete die Frau verstohlen aus dem Augenwinkel. Alles, was sie sagte, klang irgendwie seltsam – fast wie aus einem Buch – aber die fröhliche Gelassenheit der Frau hatte etwas sehr Anziehendes. Sie wirkte nicht wie eine Verrückte, die ihre Tage auf einer Parkbank verbrachte und andere mit ihren Lebensweisheiten belästigte. Sie würde vermutlich auch nicht anfangen laut zu singen oder Schimpfwörter auf die Passanten zu schleudern, dachte Julia schmunzelnd und strich sich ihre Jacke zurecht.

Die beiden Frauen beobachteten eine Weile die Lichtpunkte, die über die feinen Steinchen des Sandwegs glitten und Julia begann, sich in dem gemeinsamen Schweigen zu entspannen. Seltsam, dachte sie, mit Fabian hatte sie nie schweigen können. Immer hatten sie sich etwas zu erzählen gehabt – sie und ihr Mann. Wie komisch das klang: *Ihr Mann*. Immer war er das für sie gewesen – ihr Mann, auch als sie noch nicht verheiratet gewesen waren. Seit zwölf Jahren waren sie nun zusammen, vor sechs Jahren hatten sie geheiratet. Warum eigentlich? Komisch: Sie wusste es nicht. Vermutlich hatte es einfach „dazugehört". Schließlich waren sie doch eine Familie... Aber zu einer Familie gehörten Kinder. Kinder, die Fabian nie gewollt hatte. Warum dann heiraten, wenn man gar keine Familie gründen wollte? Und wieso konnte sie sich nicht mehr erinnern?

Sie hatte sich so sehr eigene Kinder gewünscht. Eine Zeitlang war jeder Kinderwagen, an dem sie vorbeikam, eine Seelenqual für sie gewesen, fröhliches Kinderlachen im Park hatte ihr eine Gänsehaut bereitet. Fabians spöttische Bemerkungen, wenn sie irgendwo einer völlig überforderten Mutter mit ihrem störrischen, plärrenden Kind begegneten, hatten sie verletzt, als hätte er über sie gesprochen. Doch mit der Zeit sah und hörte sie nicht mehr hin und blendete das Thema

Kinder nach und nach gänzlich aus ihrem Leben aus. Doch jetzt plötzlich wusste sie, dass das nicht stimmte. Sie hatte nie aufgehört, sich Kinder zu wünschen. Sie hatte nie aufgehört zu hoffen, Fabian könne es sich eines Tages doch noch anders überlegen. Sie hatte aber auch nie aufgehört, heimlich zu weinen. Sie hatte sich nur selbst nicht mehr zugehört...

Ein tiefer Seufzer hatte sich aus Julias Kehle gelöst und sie erschrak selbst über dessen Lautstärke. Entschuldigend schaute sie zu ihrer Banknachbarin hinüber, die aber saß da – mit geschlossenen Augen und einem völlig entspannten Gesichtsausdruck, ihr Trenchcoat hob und senkte sich sanft unter ihren regelmäßigen Atemzügen und ein Lächeln umspielte ihren Mund. Unwillkürlich musste auch Julia lächeln. Sie hoffte, die alte Dame würde nicht so bald aufstehen und wieder ihrer Wege gehen – sie wollte einfach nur hier sitzen und in dieses Gesicht schauen, ihr beim Atmen zusehen, die Entspannung genießen, die von diesem Bild auf sie selbst überging. Es war, als käme hier der innere Kampf, der sie seit Tagen rund um die Uhr gefangen gehalten hatte, für einen wunderbaren Moment zum Stillstand.

Atem schöpfen. Ruhe tanken. Ausruhen.

Julia schloss nun auch die Augen und lauschte dem Rascheln der Blätter über ihren Köpfen. Der Wind strich leise durch sie hindurch und die Luft roch erdig und nach Regen. Einige Vögel zwitscherten unaufdringlich in den Zweigen, und ansonsten war die Welt einfach nur still...

Sie wusste nicht, wie lange sie so dagesessen hatte. Als sie schließlich mit einem tiefen Atemzug die Augen öffnete, war die alte Frau verschwunden. Suchend blickte Julia sich um, konnte sie aber nirgends entdecken. Hinter ihr, auf der anderen Seite des Rondells, saß ein Pärchen auf einer der Bänke, ansonsten war sie allein.

Schade, dachte Julia, musste aber lächeln beim Gedanken an die Frau. Hoffentlich begegnete sie ihr noch einmal wieder... Sie lehnte sich zurück und gönnte sich noch einen Moment bevor sie wieder in ihr ungewohntes, neues Leben zurückkehrte. Doch irgendwie schreckte sie der Gedanke an die leere Wohnung jetzt nicht mehr so sehr.

Fabian war gegangen, aber sie war noch da. Sie hatte sich zum ersten Mal wieder gespürt. Hier auf der Parkbank im Stadtpark - eben gerade.

❧❧

Der junge Mann legte lauschend seinen Kopf auf den schwangeren Bauch der Frau neben sich. Sie hatte sich zurückgelehnt, ihre Arme ruhten rechts und links ausgestreckt auf der Lehne der alten Parkbank. Langsam löste sie einen Arm aus seiner Position, und mit einer ruhigen, zärtlichen Bewegung streichelte sie Fabians Kopf.

„Mein Sohn", flüsterte er, „mein Sohn ist da drin." Lächelnd nickte sie stumm, während ihr Blick der alten Frau im Trenchcoat folgte, die in diesem Moment an ihnen vorbeiging. Die andere Frau war noch da, die, die neben ihr gesessen hatte. Ansonsten waren sie allein – nur sie und Fabian und ihr ungeborenes Kind. Am Anfang eines neuen gemeinsamen Lebens...

# Canale Grande

Es gibt hunderte, nein tausende Geschichten über Venedig – es ist eine jener Städte, die die Menschen schon seit Jahrtausenden immer wieder aufs Neue fasziniert und ihre Phantasie zu entfesseln versteht. Um diese Stadt inmitten von Wasser ranken sich vielerlei wahre und erfundene Geschichten, Musiker und Künstler aus aller Welt wurden von ihr inspiriert. In keiner anderen Stadt sind Leben und Tod so hautnah miteinander verknüpft, haben Glanz und Vergänglichkeit so augenscheinlich ihre wahrhaftigste Bühne gefunden...

Tagsüber lebt hier ein geschäftiges Treiben, das sich in den schmalen, verwinkelten Gassen ebenso durch die Poren der Stadt webt wie auf den zahllosen Wasserwegen, die sich an den alten herrschaftlichen Palazzi entlangziehen, die hinter abblätterndem Putz und zeitgeschichtlicher Patina von ihrer längst vergangenen Pracht und Blütezeit träumen. Das vollblütig italienische Leben pulsiert inmitten tausender Touristen, die die Stadt alljährlich bevölkern und ein wenig von dem Besonderen zu erspüren trachten, das diese Stadt so unvergleichlich macht. Doch den meisten von ihnen bleibt eben dies verborgen.

Abends dann, wenn der Dunst aus der Lagune empor-
steigt und die Stadt mit einer Decke diesigen Lichts
zuzudecken beginnt, verstummt langsam der laute
Herzschlag des Tages. Die Stadt legt sich schlafen, ihre
Gondeln schaukeln verlassen an ihren Liegeplätzen auf
den Wellen. Nur ein paar vereinzelte motorisierte Was-
sertaxis bringen noch einige Fahrgäste zu den letzten
Stationen des Tages, dann kehrt eine Ruhe ein, die mir
in ihrer Dichte den Atem raubt. Sie legt sich auf die
großen Piazzi ebenso, wie sie durch die schmalen
Gänge und Kanäle mäandert und alle Geräusche langsam verschluckt.

Dies ist die Zeit der Signora Caraletti.

Wie ein Schatten verlässt sie ihr Haus und huscht eilig
durch die schmalen Gassen des Viertels. Es sind die
flinken, flüchtigen Schritte einer jungen Frau, die sie
vor langer Zeit einmal war und die nur jene leisen
Geräusche verursachen, die man – aus welchem Grund
auch immer aufmerksam geworden – nach ihnen lauschend nicht mehr vom Plätschern des Wassers im
Canale unterscheiden kann. Man hält sie sogleich für
eine Sinnestäuschung – einen Streich, den das von der
Stille überwältigte Gehör uns spielt. Während man
noch lauscht, ist die Signora bereits drei weiteren verwinkelten Gassen gefolgt. Sie tut dies mit der schlaf-

wandlerischen Sicherheit eines tausende Male gegangenen Weges, der keines Überlegens mehr bedarf. Jeder Winkel, jede Häuserwand, jede der zahllosen Brücken, die es zu überqueren gilt, ist tief verwurzelt in ihrem Kopf, hat längst eine unsichtbare Landkarte in ihr gezeichnet, die zu vergessen sie nie mehr im Stande sein wird.

Die Signora trägt einen bodenlangen schwarzen Umhang mit Kapuze, wie ihn die Frauen in der Blütezeit der Medici zu tragen pflegten. Gleich einer Figur des venezianischen Karnevals strebt sie schattenhaft ihrem Ziel zu, das zu erreichen ihre inzwischen einzig freudige Aufgabe geworden ist. Die Sehnsucht treibt sie an, lässt ihre Schritte schneller werden als sie sie in der Mühsal des Tages gewöhnlich tragen. Und auch ihr Herz schlägt schneller beim Gedanken an die nächste heimliche Stunde, die nur ihr gehört.

Schließlich erreicht die Signora die große schachbrettartig gepflasterte Piazza. In deren Mitte steht – eingerahmt von einem Brunnen, der aus Löwenköpfen und Engelsmündern Wasser in ein schmales Bassin speit – das steinerne Denkmal eines jungen Adligen, dessen weiche Gesichtszüge im blassen Mondlicht wie träumend wirken. Die Signora gleitet an einer Häuserwand entlang näher, schaut sich um, löst sich schließlich aus deren tiefschwarzem Schatten und huscht ungesehen hinüber zum Denkmal.

Die Piazza ist – wie meist zu dieser späten Stunde – menschenleer, und so sieht niemand die Signora, wie sie sich ihrer Schuhe entledigt und gleich darauf – den Umhang mit beiden Händen gerafft – barfuss den Brunnen durchquert und auf den gehauenen Sockel steigt, auf dem der steinerne Schöne sitzt.

Zu seiner Linken bietet der Sockel Platz, und die Signora setzt sich behutsam neben ihn. Sie neigt sich ihm zu und lächelt. Mit einer langsamen Bewegung legt sie ihre Hand in die seine, die in seinem Schoß ruht, und so sitzen sie – die Signora und der steinerne Adlige – für eine vertraute Stunde und erzählen sich venezianische Geschichten.

# Auf dem Sprung

Mein ganzes Leben lang war ich irgendwie auf dem Sprung gewesen. Schon immer war mir etwas Rastloses eigen, das mich unermüdlich nach dem Mehr, dem Besser, dem Schneller streben ließ. Ich verkürzte als jahrelang Klassenbester das Gymnasium um ein Jahr, es folgten Abi mit Auszeichnung, Doktorarbeit schon während des zweiten Semesters Jura, verkürztes Studium mit Abschluss wiederum als Jahrgangsbester – ich war immer auf der Überholspur unterwegs. Auszeichnungen, Urkunden, Preise türmen sich in Kisten auf dem Dachboden, die Sammlung eines Erfolgmenschen, eingepfercht in Kartons. Lediglich ein paar vergilbte Aufkleber legen Zeugnis von ihrem Inhalt ab.

Nun hatte irgendjemand mitten im nächsten Sprung die Pausentaste gedrückt und mein Leben in eine Art Standbild verwandelt, das noch ein paar letzte, hastige Bewegungen verwischt erahnen ließ wie einen hektischen Schatten, der auf der Netzhaut zurückgeblieben war. Ich fühlte mich wie ein Bungee-Springer, den man an seinem Seil über dem Abgrund hängend vergessen hatte. Die Crew hatte Feierabend gemacht und mich einfach zurück gelassen. Nun hing ich dort zwischen Absprung und Aufprall, zwischen einem eben noch perfekten Oben und einem unbekannten Unten und wünschte mir nichts mehr, als dass endlich der erlösende Absturz folgen und die dumpfe Leere, den Stillstand beenden würde. Ich war mir dabei der Schizophrenie meiner Lage bewusst: Ich konnte nichts anderes tun, als auf einen Aufprall zu hoffen, egal wie hart oder wohlmöglich lebensbedrohlich er sein mochte. Alles war besser, als weiterhin hilflos festzustecken, die Seele vom Schock eingefroren, jeder Antrieb dahin.

Stillstand. Meine Welt stand einfach still. Nichts regte sich in ihr – in mir. Alles war blind, taub und fremd. Mein Leben gehörte auf unheimliche Weise nicht mehr mir.

Im Leben ist es wie in einem Kreuzworträtsel: Trägt man auch nur ein einziges falsches Wort ein, funktionieren die übrigen Kombinationen und Wortkreuzungen nicht mehr. Eine Weile noch scheint eins zum anderen zu passen, aber immer öfter gerät man ins Stocken – schon nach ein, zwei weiteren Kreuzungen bleibt man stecken. So war es auch bei mir – und in meinem Fall hieß das falsche Wort ZIVILCOURAGE.

Zwölf Buchstaben, die mein Leben verändern sollten.

Es war ein heißer Sommertag, und in den Straßenzüge der Stadt staute sich die Wärme wie in einem Backofen. Irgendwie hatte sich im Verlauf des Tages das Tempo der ganzen Stadt verlangsamt, die Menschen waren entweder genervt von der Hitze oder völlig lethargisch. Ich hatte den ganzen Tag im klimatisierten Gerichtsgebäude verbracht und von alldem wenig mitbekommen. Als ich mich nun auf den Heimweg machen wollte, streikte mein Wagen. Irgendwas mit dem Anlasser – ich kenne mich da nicht aus. Der Mann vom Abschleppdienst setzte mich auf seinem Weg zur Werkstatt an der Schnellbahnstation ab, und statt mich von den gewohnten Straßenschildern quer durch die Stadt nach Hause leiten zu lassen, wies mir eine Anzeigentafel den Weg, auf der kleine, schwarze und weiße Metallplättchen mit einem flirrenden Geräusch in die richtige Position fielen, um mir schließlich Gleis und Abfahrtszeit meines Zuges anzuzeigen.

Meine Zukunft hing also von ein paar tausend Metallplättchen ab, und ich hatte nicht die geringste Ahnung davon.

Ich nahm die schmuddelige Betontreppe zu den Bahnsteigen hinunter, mein Laptop in einer Umhängetasche, deren Gurt sich quer über meine Brust legte, die Hände in den Hosentaschen. Das Jackett baumelte über der Tasche, die obersten zwei Hemdknöpfe hatte ich geöffnet und die Ärmel aufgekrempelt. Es war heiß und stickig. Ein paar Menschen warteten schon auf ihre Züge. Müde lehnten sie an den Stahlträgern, die die Dachkonstruktion hielten, oder saßen schlapp auf den wenigen Bänken in der Mitte zwischen den zwei Bahnsteigen. Weiter hinten, an der kleinen Zeitungsbude, lachten zwei junge Frauen miteinander, ein Mann mit Aktenkoffer las stehend seine Zeitung. Ich blieb am linken Bahnsteig stehen und schaute sicherheitshalber noch einmal auf den elektronischen Zuganzeiger über meinem Kopf. Ich fuhr nie mit der Bahn und wollte sicher sein, nicht zu allem Überfluss auch noch im falschen Zug zu landen.

Eine junge Frau in Jeans und weißem, enganliegendem Top betrat nun den Bahnsteig. Sie hatte langes, dunkelbraunes Haar, einen sonnengebräunten Teint und trug eine wilde Ansammlung verschiedenster Ketten um den Hals, die ihr beim Gehen um Brust und Bauch schlenkerten. Sie war stehen geblieben und steckte sich eine Zigarette an. Dabei hielt sie die Schachtel als Windschutz vor die kleine Flamme ihres Feuerzeugs und blickte hoch. Sie musste bemerkt haben, dass ich sie anstarrte. Sie sah gut aus, und ich fühlte mich ertappt. Etwas unbeholfen lächelte ich ihr zu, sie lächelte zurück, dann ging sie einige Meter den Bahnsteig hinunter und stellte sich neben die Litfaßsäule, die über und über beklebt war mit Plakaten, Flyern, Notizzetteln oder Suchanzeigen.

Drei junge Männer im Alter von etwa achtzehn oder zwanzig betraten nun den Bahnsteig. In ihren zerrissenen Jeans, groben Hemden über zerknitterten T-Shirts und derben Springerstiefeln ging etwas Unangenehmes von ihnen aus, obwohl – oder auch weil – sie kein Wort sprachen. Es war die Art, wie sie die Wartenden ansahen, sie taxierten. Es war ihr betont ruhiger, ja fast bedrohlicher Gang, mit dem sie provozierend den Bahnsteig hinuntergingen. Sie wählten den anderen Bahnsteig, würden also vermutlich den Zug in die andere Richtung nehmen. Dann, auf Höhe der Litfaß-säule angekommen, waren sie blitzschnell wieder auf unserem Bahnsteig und bauten sich vor der jungen Frau auf.

*„Deutsche Frauen rauchen nicht!"* rief einer von ihnen und trat ganz nah an sie heran. Sein Gesicht war jetzt ganz dicht vor ihrem, sie hatte die Hand mit der Zigarette gesenkt und streckte sie zur Seite weg.
*„Deutsche Frauen rauchen nicht!"* wiederholte er noch lauter und noch bedrohlicher. Die beiden anderen Männer schauten sich um und gaben ihm offensichtlich Deckung.

Nun umklammerte er in einer blitzschnellen Bewegung ihr Handgelenk, bog den Arm nach oben bis vor ihr Gesicht und nahm ihr die Zigarette mit spitzen Fingern aus der Hand. Er schnippte die Asche weg und drehte die Glut in Richtung ihres Gesichts.

Ich sah mich um: Niemand kümmerte sich um das, was da passierte. Niemand reagierte. Kein Aufsichtsbeamter war zu sehen, und die meisten der Fahrgäste bemühten sich krampfhaft, ein unbeteiligtes Gesicht zu machen und so weit wie möglich in die entgegengesetzte Richtung zu sehen. Niemand war da, um zu helfen.

Was dann geschah, weiß ich – wenn ich ehrlich bin – nur aus Erzählungen. Ich bin wohl auf die drei Männer zugegangen und habe gesagt, sie sollen die Frau in Ruhe lassen, wohl in der Hoffnung, andere würden nun auch etwas unternehmen.
Irgendetwas muss dabei dann nicht so cool gelaufen sein, wie man es aus Actionfilmen kennt, in denen der Held siegreich, wenn auch schwer angeschlagen aus einem solchen Kampf hervorgeht. Vermutlich lag es an der Überzahl der Jungs, ganz bestimmt aber lag es an der Hilflosigkeit und Untätigkeit der anderen Fahrgäste, dass schließlich *ich* es war, der sich im Krankenhaus wiederfand.

Zusammengeschlagen mit zwei Baseballschlägern, sechs Fäusten und unzähligen Fußtritten, bespuckt und blutend hatten sie mich vor den Augen einer gaffenden Horde Nichtstuer auf dem Bahnsteig zurückgelassen. Fünf gebrochene Rippen, ein geborstener Unterkiefer, eine ausgerenkte Schulter, Blutergüsse und Schürfwunden waren noch die guten Nachrichten. Die Baseballschläger hatten meine Wirbelsäule zertrümmert – ich würde meine nächsten Zivilcourageeinsätze aus dem Rollstuhl heraus absolvieren müssen.

Das hört sich spöttisch an, so, als wäre das alles halb so schlimm. Doch es *ist* schlimm. Schlimmer, als dass ich überhaupt Worte dafür hätte, und so rettete ich mich in den nächsten Wochen und Monaten zwischen zahllosen Operationen und Rehamaßnahmen, zwischen Muskelaufbautraining und psychologischer Betreuung in einen bissigen Sarkasmus, der zwar niemandem half – mir am allerwenigsten –, der mich aber zumindest daran hinderte, vollständig den Verstand zu verlieren.

Ich träume jede Nacht von den Männern, die übrigens nie gefasst wurden. Sie laufen noch immer ungeschoren und unverletzt irgendwo da draußen herum, belästigen andere mit ihren verbohrten Anschauungen, bedrohen Menschen, fühlen sich stark, wenn sie Wehrlose einschüchtern. Und die anderen schauen zu. Noch heute sehe ich die ängstlichen Gesichter der anderen Fahrgäste, die wie gelähmt dasaßen und uns allein ließen. Noch heute höre ich das Geräusch meiner berstenden Knochen, sehe mein eigenes Blut in einer unförmigen Lache neben mir auf dem Bahnsteig. Noch heute höre ich die Männer lachen...

In meinem Leben hatten sie die Pausentaste gedrückt. Mit einem Mal stand alles still, was noch bis eben in Bewegung gewesen war. Nicht nur mein Körper, nein: mein ganzes Leben stand still, wie eingefroren in einem Standbild, und ich wusste nicht ob – und wenn ja: *wie* ich den Film wieder starten sollte.

Natürlich beginnt man in solchen Situationen nachzudenken. Mit einem Mal hat man ja auch ganz viel Zeit. Und ich stellte fest, dass ich eigentlich völlig allein war in meinem Leben auf dem Sprung. Meine Eltern lebten nicht mehr, ich hatte keine Geschwister. Natürlich gab es ein paar Kommilitonen aus dem Studium, Kollegen aus der Kanzlei, die mich besuchten, als sie von der Geschichte erfuhren. Aber es waren oberflächliche Bekannte, Höflichkeits- oder Neugierbesuche, nichts, das mir wirklich half.

Bis eines Tages Judith neben meinem Bett auftauchte. Sie stellte keine Fragen.

Sie beschönigt nicht. Sie bemitleidet mich nicht. Und sie verurteilt nicht. Das ist es, was ich am meisten an ihr bewundere.

*Ich* verurteile noch immer – die Schläger ebenso wie die Nichtstuer. Doch Judith... Judith ist anders. Vielleicht ist sie eine Heilige oder so was, oder ein Engel, wenn es die gibt. Doch sie hat es in den vergangenen Monaten geschafft, die Wut, die noch immer irgendwo in mir eingesperrt ist, zu mildern. Sie hat mir gezeigt, dass es nutzlos ist, meine Kraft in dieser Wut zu verschwenden, statt sie für mich und mein neues Leben zu nutzen. Ich bin doch so oder so gezwungen, dieses neue Leben anzupacken – dann doch auch mit aller Kraft, ohne sie zu vergeuden an drei gewalttätige Schläger, die man ohnehin nicht mehr erwischen wird und die auch so schon genug Schaden angerichtet haben. Und natürlich hat sie recht.

Doch so einfach ist es natürlich nicht. Das weiß auch Judith. Schließlich kämpft auch sie noch mit den Entstellungen in ihrem Gesicht. Brandnarben von einer glühenden Zigarette, die ich trotz allem nicht habe verhindern können.

Als ich Judith kürzlich von meiner Kreuzworträtsel-theorie erzählte, lachte sie. Zwölf Buchstaben an der falschen Stelle: ZIVILCOURAGE

Sie sah mich einen Augenblick schweigend an. Dann sagte sie: „Ersetz doch diese zwölf Buchstaben durch zwölf neue: FREUNDSCHAFT, dann passt wieder alles zusammen. Du wirst sehen."

# Subway Angel

Staubige Luft wird aus dem Tunnel gedrückt, in dessen Finsternis sich die Gleise wie in einem tiefschwarzen Höllentor verlieren. U-Bahnhöfe haben, ganz gleich zu welcher Tages- oder Nachtzeit, immer etwas Unheimliches, finde ich. Aber besonders nachts hallen die spärlichen Geräusche der Welt fremd von den gekachelten Wänden wider. Selbst kleinste Alltagsgeräusche werden dabei um ein Vielfaches verstärkt und bekommen für Sekundenbruchteile Dramatik, jagen mir bisweilen einen gehörigen Schrecken ein, bis ich ihre Nebensächlichkeit erkenne und mich wieder entspanne. Irgendwie bin ich hier ständig in Alarmbereitschaft – vielleicht liegt das auch an den vielen Horrormeldungen von Schlägertrupps und Überfällen, von denen man heute so liest. Gute Gründe, das U-Bahnfahren bei Nacht zu vermeiden...

Doch gerade nachts zieht es mich hierher. Trotz allem. Besonders nach einem so beschissenen Tag wie heute sitze ich hier im gekachelten Untergrund der Station Klinikum und warte. Nein, nicht auf eine Bahn, die mich zu dieser späten Stunde noch quer durch den Keller der Stadt an irgendein Ziel bringen soll – ich warte darauf, dass die Züge losfahren. Nachdem sich die Türen zischend geschlossen haben, setzen sie sich zunächst langsam in Bewegung, nehmen dann sehr schnell Fahrt auf und schießen schließlich mitten hinein in die dunklen Tunnelröhren, bis von ihnen nur noch der Sog nachströmender Luft und das aufdringliche Rot ihrer Rückleuchten zurückbleibt. Die Waggonfenster ziehen an meinen Augen vorbei, bis sie bei zunehmender Geschwindigkeit schließlich ihre Kontur verlieren – zu schnell, als dass meine Augen sie noch einzeln erkennen könnten. Sie werden zu einem nahezu durchgehenden Lichtstreifen, nur unterbrochen von ihren Rahmen und Türen, die den Lichtstrahl zucken lassen  – wie alte Filme, die von einem ratternden Projektor an die Wand geworfen werden.

Mein Blick verliert den Halt. Ich schaue durch den rasenden Lichtstrahl hindurch auf die gekachelte Wand dahinter, und der geheime Projektor zeigt mir ihr Bild... unscharf und flirrend. Ist der Zug zu kurz, verschwindet es wieder, hat keine Zeit, sich an der Wand festzuhalten...

Ich warte weiter.
Endlich kommt ein langer Zug. Die Züge Richtung Hauptbahnhof sind immer lang. Auch nachts. Nur zwei Fahrgäste steigen ein – es ist zwei Uhr morgens,

und jetzt bin ich endgültig allein hier unten, tief unter meiner Stadt.

Während ich auf die schnarrende Lautsprecherdurchsage und das Schließen der Türen warte, tauchen wieder die Augen des kleinen Mädchens vor mir auf. Große, braune Kinderaugen, die mich verzweifelt ansehen, nicht verstehen, was ich gerade gesagt habe. Wie könnten sie auch...?

Ich reibe mir die müden Augen, und das Bild des Mädchens verschwindet. Als ich wieder hochschaue, hat sich der Zug schon in Bewegung gesetzt. Schnell nimmt er an Fahrt auf, ich konzentriere mich auf die Kachelwand, deren schmutziges Beigegrau tausendfach von dunklen Fugen unterbrochen wird. Vor ihr beginnt der Lichtstrahl zu flirren, ich brauche eine Weile, bis meine Augen sich nicht mehr von ihm fortreißen lassen. Dann sehe ich sie. Endlich! Ich spüre, wie sich ein erleichterter Seufzer aus meiner Brust löst.

‹8›

Atemlos habe ich erzählt. Wie immer, wenn ich mit ihr rede – aus Angst, sie könnte nicht lange genug bleiben. Dabei nimmt sie sich Zeit, ist entspannt, hört mir zu, ohne mich zu unterbrechen. Als ich ihr schließlich von dem Mädchen erzähle, schaut sie mich an. Nein, das ist nicht richtig: sie sieht mitten in mich hinein – so fühlt es sich an. Und mit einem Mal brauche ich gar nichts mehr zu erzählen, weiß, dass sie alles weiß. Spüre, dass sie gerade alles durch meine Augen sieht. Ich muss ihr nicht erzählen, dass ich keine Antworten für das Mädchen hatte. Sie kennt den Kloß in meinem Hals, spürt ihn selbst.

„Wie sagt man einem Kind, dass seine Mutter tot ist?" ist meine letzte Frage, und meine Stimme hallt gespenstisch von den schmutzigen Wänden wider.

Sie schaut in mich hinein. Sie gibt mir keine Antwort – keine, die ich mir merken und einfach beim nächsten Mal abrufen könnte. Aber in ihrem Blick liegt alles, wonach ich mich heute gesehnt habe. Seit dem Augenblick, als ich die Wiederbelebung der jungen Frau eingestellt habe: Hoffnung.

Die Hoffnung, beim nächsten Mal eine bessere Nachricht überbringen zu können. Die Hoffnung, an einem anderen Tag, unter anderen Umständen, ein Leben retten zu können, statt es zu verlieren. Die Hoffnung, nicht so verdammt hilflos zu sein.

# Wunschtaxi

Mein Koffer rattert über den polierten Boden der Ankunftshalle, Menschen wuseln durcheinander, treffen sich, sehen sich nach langer Zeit wieder. Umarmungen, Gelächter, Freudentränen. Ich gehe an den kleinen Menschentrauben vorüber, schaue etwas verlegen zur Seite – mich erwartet niemand. Im Selbstbedienungscafé sitzen einige verlorene Gestalten auf unbequemen Metallstühlen, lesen Zeitung, schauen kurz hoch, als ich an ihnen vorübergehe. Doch ich bin nicht die, auf die sie gewartet haben, und sie kehren gleich wieder in ihre eigene Welt zurück. Ich erreiche die schwere Drehtür, die – wie immer – auf halber Strecke steckenbleibt, weil irgendein Eiliger sich zu spät hineingezwängt und die Lichtschranke ausgelöst hat. Ein kurzes genervtes Innehalten der Insassen, dann setzt sich die Tür wieder in Bewegung und spuckt uns an der anderen Seite aus.

Ich bleibe auf dem mit plattgetretenen Kaugummiflecken übersäten Vorplatz stehen, als mich die Kälte packt. Mit meiner freien Hand versuche ich, meine Wolljacke am Hals zuzuziehen, aber der Wind fegt feuchten Sprühnebel über den Bürgersteig, fängt sich unter der wuchtigen Betonüberdachung, kreuzt und dreht und koboldet schließlich in meinen Haaren und zerrt an meinem Rock. „Zum Glück habe ich wenigstens Stiefel angezogen", schießt es mir durch den Kopf.

Einige Taxis fahren vor und nehmen Fahrgäste auf. Reisende überqueren eilig mit ihren Verwandten und Freunden die Zebrastreifen in Richtung Parkhaus. Aus dem Flughafengebäude ist gedämpft eine Lautsprecherstimme zu hören. Reisegeräusche. Vertraut seit vielen Stunden. Gerade hat der Bus Richtung Zentrum die restlichen Wartenden in seinem Bauch aufgenommen, zischend die Türen geschlossen und sich in den Abend davongemacht. Nun ist der Bürgersteig um mich herum leer.

Mein Atem bildet feine Wölkchen vor meinem Gesicht, denen ich einen Moment gedankenverloren folge. „Jetzt bloß irgendwie ins Warme", höre ich meine innere Stimme.

„Na, Frolleinchen, wie isset – Taxi jefällich?"

Ein Mann steht in der offenen Fahrertür seines Taxis. Er hat die Arme aufs Dach gelegt und aus dem Wageninneren dudelt Radiomusik. Einen Moment schaue ich ihn einfach nur an.

„Na...?" setzt er noch einmal nach und zieht die buschigen Augenbrauen hoch. Ich nicke. Schon ist der Fahrer um den Wagen herum und öffnet die Tür.

„Is dett des einzje Jepäck? Wär' dett wohl möglich, dass wir dett uff de Rückbank schaffen? Ick hab da nämlich noch watt in'n Kofferraum zu liejen…" Er lächelt, als ich nicke. „Außerdem seh'n Se aus, als könnten Se Wärme vertragen: Vorne is bei mir nämlich *PLUS Sitzheizung…*" Vielsagend nickt er und öffnet nun die Beifahrertür. Ein dickes, etwas abgesessenes Schaffell ist über den Sitz gespannt, und die Vorstellung, nicht bloß aus der Kälte herauszukommen, sondern mich dort „PLUS Sitzheizung" ins Warme kuscheln zu können, ist absolut verlockend. Vorfreudig plumpse ich also in das Schaffell, der Fahrer schiebt behutsam einen Zipfel meines Rockes auf den Sitz, damit er nicht einklemmt, und schließt mit einem dumpfen *„Pfump"* die Tür.

Ich schaue mich ein wenig um, während er jetzt mein Gepäck auf der Rückbank verstaut. Der alte Mercedes hat seine besten Jahre schon vor langer Zeit gesehen, aber wenigstens ist es sauber und aufgeräumt hier drinnen. In der Seitentür stecken ein paar Stadtpläne, deren Papier vom vielen Blättern an den Faltstellen brüchig geworden ist. Müde biegen sie sich oben aus der Seitenablage heraus, vermitteln aber das beruhigende Gefühl, dass der Fahrer seinen Weg mit ihrer Hilfe schon finden wird.

„Na ja", denke ich, „bis nach Eimsbüttel wird er's ja wohl hoffentlich auch ohne Stadtplan schaffen…".

Die Fahrertür geht auf. Mein Berliner Chauffeur steigt ein: Ein großer Mann mit breiten Schultern und einem ziemlichen Bierbauch, der gerade noch so hinters Steuer passt, graues, üppiges Haar, buschige Augenbrauen, eine große Nase – die Brille darauf bemerke ich erst jetzt. Er trägt eine abgeschabte, viel getragene Lederjacke und erfüllt das Klischee eines deutschen Taxifahrers bis ins Detail.

„Wo soll's denn hinjehn, junge Dame?" Ich nenne ihm mein Ziel. „Na ja, denn woll'n wir ma, wa?" Lächelnd dreht er den Schlüssel im Zündschloss um, und sofort klötert der Dieselmotor vertraut und beständig um uns herum. „Zuhause" denke ich, und gleichzeitig wundere ich mich, dass ich ausgerechnet *das hier* mit diesem Begriff verknüpfe. Ich schmunzle, kuschle mich tief in meinen Sitz und überlasse dem Fahrer alles Weitere. Für einen Moment lang muss ich mal nichts – gar nichts...

Langsam lenkt das Taxi aus der Parklücke heraus und fädelt sich auf die rechte Fahrspur Richtung Zentrum.

„Merken Se schon watt?" fragt mich mein Nachbar und als ich ihn fragend anschaue „Na vonne Sitzheizung, mein ick".

„Oh ja, danke. Wirklich großartig bei dem Wetter", antworte ich und schenke ihm ein dankbares Lächeln. Er lächelt auch.

„Da ham Se wohl nich mit so'n Wetter jerechnet, wa? Wo komm Se denn her, wenn ick dett mal so fragen darf...?" „Ich komme aus Sydney", antworte ich und merke selbst, wie falsch das klingt, auch wenn es meiner Reiseroute entspricht. Überall sonst auf der Welt sage ich: „Ich komme aus Hamburg", und das fühlt sich richtig an. Und dabei war ich schon so viele Jahre nicht mehr hier...

„Och nee, ne?!" ruft mein Sitznachbar aus, und ich wundere mich über seine Reaktion. Doch er meint nicht mich, sondern den Stau und die vielen roten Rücklichter, die sich nun vor uns auftun. „Watt is n' ditte?!" Alle Spuren sind verstopft, alles steht still. Für mich fühlt sich das seltsam vertraut an.

„Dett tut mir jetzt leid, Frolleinchen. Ham Se's eilich?" Seine großen Augen schauen fragend zu mir herüber, in seinen Brillengläsern reflektieren die Bremslichter. „Neinnein, überhaupt nicht", sage ich wahrheitsgemäß und lächle beruhigend. „Alles in Ordnung. Es macht überhaupt keinen Unterschied, wann ich irgendwo ankomme." Und als ich es ausspreche, merke ich, wie sehr das stimmt. Es ist wirklich völlig egal. Es ist ohnehin zu spät. Zu spät für Erklärungen. Zu spät für eine Aussprache. Einfach zu spät. Auf mich wartet nur noch eine leere Wohnung im dritten Stock eines alten Mietshauses. Sonst nichts. Ich seufze laut, und er bedenkt mich mit einem kurzen, prüfenden Seitenblick.

„Na ja, wenn dett so is..." Er schaltet den Motor aus. „Standheizung bleibt natürlich an", augenzwinkert er.

Draußen ist vom Asphalt nichts mehr zu sehen, überall stehen Autos. Feuchte Karosserien drängen sich in den Fahrspuren aneinander, es scheint, als wäre die ganze Stadt zum Stillstand gekommen. Pausentaste. Standbild. Und dazu eine kuriose Stille – eine vierspurige Straße einfach still. Eine seltsame Stimmung hat sich innerhalb weniger Minuten über die ganze Welt da draußen gelegt, und auch die Menschen in den anderen Fahrzeugen sitzen einfach nur da. Ein vergessener Blinker tupft orangefarbene Lichtflecken auf Autobleche. In immer gleichem Takt schaltet die Ampel vor uns in dreifarbiger Sinnlosigkeit. Ein Kind malt Gesichter auf eine beschlagene Fensterscheibe.

Mein Nacken schmerzt und meine Stirn ist kalt. Langsam bewege ich mich in eine bequemere Position, reibe meinen Nacken, öffne die Augen. Mein Gott, ich bin eingeschlafen...! Hastig schaue ich zu meinem Fahrer hinüber, der mich freundlich anlächelt. 20.30 Uhr sagt die Anzeige am Armaturenbrett – mir fehlen fast zwanzig Minuten! Ich räuspere mich und murmle eine Entschuldigung, während ich mir meine kalte Stirn reibe, die an der Fensterscheibe einen kreisrunden Fleck hinterlassen hat. Wie durch ein Bullauge sehe ich den Kinderfinger, der noch immer Bilder ans Autofenster neben uns malt.

Kaffee wäre jetzt gut.

„Na, mögen Se n' Kaffee?" Er angelt eine silberne Thermoskanne hinter seinem Sitz heraus, schraubt den Deckel ab und gießt dampfenden Kaffee in den kleinen Becher im Deckel.

„Dankeschön", murmle ich verwundert und mit noch immer beschlagenem Hals. Himmlisch, solche Hellseherei! Dankbar nicke ich meinem Wohltäter zu und spüre der wohligen Wärme nach, die mich nun von allen Seiten umgibt.

„Hier geht's wohl gar nicht weiter", setze ich schließlich an. „Unfall?"

„Ja, sieht so aus. Und in'n Radio sagen Se natürlich ma wieder nüscht dadrüber. Dett is ja immer so. Um dass de Leute ma anders fahren könnten – neeneenee, kommt janich inne Tüte. Dett is für uns jewerbliche Fahrer dett absolute *KaOh*, wissen Se?!"

Ich nicke. Der Kaffee wärmt, und ich fühle mich wunderbar entspannt. Ich habe Lust, mich zu unterhalten – auch etwas, was mir schon seit Jahren nicht mehr passiert ist.

„Was hat Sie denn eigentlich hier nach Hamburg verschlagen?" frage ich über den Becherrand hinweg, und er grinst.

„Och na ja, zuerst war dett der Liebe wejen, wissen Se? Wejen de Uschi. Na ja, und als denn Schluss war mit de Liebe und mit de Uschi, da war dett – globe ick – pure Faulheit." Er grinst. „Een so'n Umzuch hat mir jereicht - ick bin ja von Natur aus nich so rege..." Er klopft sich zur Bestätigung auf den Bierbauch, der unter seinem Lachen auf- und abhüpft.

„Na ja, und Hamburch is ja ooch ne schöne Stadt, so isset ja nich", setzt er beschwichtigend hinzu, so als wäre er mir dieses Zugeständnis noch irgendwie schuldig.

„Ja", denke ich, „zu schön eigentlich, um irgendwo anders zu leben." Und jetzt gibt es ja auch gar keinen Grund mehr, mich irgendwo anders zu verstecken... Komisch: auch das wird mir jetzt erst bewusst: dass ich mich versteckt habe all die Jahre.

Ich bin nicht bloß „ins Ausland gegangen" – das hört sich so gut an im Lebenslauf. Weggelaufen bin ich, das ist die Wahrheit! Ich bin vor meinen Problemen davongelaufen – vor allem und jedem, was mir damals hier im Wege stand. Und, na ja, eigentlich war das ja bloß ich selbst. Seltsam, dass mir das erst hier und jetzt, in diesem alten Taxi mitten im Stau klar wird...

Schmunzelnd schüttle ich den Kopf: So viele Erkenntnisse heute abend auf so wenigen Metern Fahrtstrecke!

Ich reiche den leeren Kaffeebecher zur Seite. „Ick bin übrijens der Willy", sagt der väterliche Droschkenpilot, während er den Becher mit einem Papiertaschentuch auswischt und wieder auf die Thermoskanne schraubt. „Wenn wir hier schon so traut zusammen sind, denn kann man sich ja ooch ma an seine Manier'n erinnern, wa?!"
Er zwinkert mir zu, ich sage: „Monika", und er nickt.
Irgendwo sind Sirenen zu hören, Blaulicht reflektiert von den Bäumen am Straßenrand. Wieder wandern meine Gedanken aus dem Taxi heraus... „Ich hätte mir gewünscht, dass jemand auf mich wartet, wenn ich eines Tages zurückkomme", denke ich und weiß im selben Moment, dass ich überhaupt gar nicht zurückgekommen wäre, wenn noch jemand gewartet hätte. Manchmal wünscht man sich Sachen, die völlig unlogisch sind. Aber dann ist man trotzdem irgendwie enttäuscht, wenn sie nicht passieren.
„Uff mich wartet ooch keener", sagt Willy, so als hätte er ein weiteres Mal meine Gedanken erraten. „Aber wenn dett hier noch lange dauert, denn müssten wir n' kleenen Umweech fahren – ohne Taxameter, versteht sich... – Wär' dett für Sie in Ordnung, Frollein Monika?"

„Natürlich", sage ich – obwohl er natürlich ein Wildfremder ist, der mich wohlmöglich sonstwohin fahren könnte. Aber nach einem Raubmörder sieht Willy nun wirklich nicht aus.

Wieder Sirenen, diesmal kommt das Geräusch näher. Zuckende Blaulichtblitze schieben sich vorn über die Kreuzung und bahnen sich mühsam einen Weg zwischen gestautem Blech. Ein Abschleppwagen, Krankenwagen, Polizei sind zu erkennen. Und kurz darauf setzt sich die Welt wieder wie von Geisterhand millimeterweise in Bewegung: Motoren werden angelassen, Scheinwerfer leuchten auf, und die Ampel übernimmt nach einer Weile des Rangierens wieder ihre ursprüngliche Funktion. Mit der übernächsten Grünschaltung rollen auch wir schließlich über die Kreuzung. Am Straßenrand liegen dort ein paar nassgeregnete Glasscherben, in denen sich das Licht des wieder erwachten Verkehrs spiegelt. Stumme Zeugen der Geschehnisse am Unfallort, die morgen früh von der Stadtreinigung fortgeräumt werden - vergessene, nutzlose Überreste.

Wir biegen in eine ruhigere Seitenstraße ein. Autos parken rechts und links und zum Glück kommt uns in dem schmalen Korridor, den sie freilassen, niemand entgegen. Ein paar mal links und rechts – längst weiß ich nicht mehr, wo ich bin, habe jede Orientierung verloren. Dennoch fühle ich mich sicher an Willys Seite, der seine Strecke haargenau zu kennen scheint. Oft gefahrene Wege, denke ich mir und lasse die Häuser und Autos an mir vorüberziehen.

„War'n Se lange wech?" fragt Willy während er immer neue Seitenstraßen durchstreift. Ich nicke nur stumm. „Na ja", setzt er nach, „dett is ja manchmal ooch janz wichtich, dass man de Neese mal vor der Haustüre kricht. Aber zuhause – zuhause, da jeht doch nüscht drüber, oda?!" Wieder nicke ich und denke an die zwanzig Jahre, die ich nicht mehr hier war. Jetzt sind meine Eltern tot, meine Freunde in alle Winde verstreut – niemand mehr da. Nicht mal einen Job habe ich hier ...

„Dett findet sich allet", sagt Willy, und ich frage mich, ob er schon wieder meine Gedanken gelesen hat. Irgendwie wird das langsam unheimlich. „Warten Se mal ab, komm' Se erstma an, und denn werden Se schon sehen, wo Se jebraucht werden. Glooben Se mal dem alten Willy...!"

Er zwinkert mir im Licht einer Straßenlaterne zu und biegt dann noch einmal rechts ab. Kurz darauf klickt der Blinker erneut, und wir rangieren langsam in eine kopfsteingepflasterte Grundstückseinfahrt. Zwischen zwei steinernen Säulen steht ein großes schmiedeeisernes Tor offen, so als hätte man auf uns gewartet. Willy bringt das Taxi vor dem Hauseingang zum Stehen: roter Klinker. Solide. Weiße Fenster, eine Lampe leuchtet über dem Eingang, Messingklingelknopf, grüner Briefkasten. Gediegen. Zwei Buchsbäume in großen Töpfen rechts und links der Haustür. Adrett.

Willy steigt aus. Ich blicke ihm hinterher. Eine Weile steht er vor der Haustür, bis sie sich öffnet und eine grauhaarige Frau erscheint, deren Gesicht sich sofort zu einem breiten Lächeln öffnet, als sie Willy erkennt. Sie geben sich die Hand, Willy deutet auf sein Taxi. Die Frau erblickt mich im Seitenfenster, sofort fühle ich das Bedürfnis zu grüßen. Sie sieht freundlich aus. Sie hebt die Hand und winkt zurück. Soll ich aussteigen, guten Tag sagen? Wie hatte Willy gesagt: „Denn kann man sich ja ooch ma an seine Manier'n erinnern, wa?!"
Lächelnd steige ich also aus und freue mich, als die Frau sofort auf mich zukommt, während Willy sich nun am Kofferraum zu schaffen macht.
„Herzlich Willkommen..." setzt die freundliche Dame an, als Willy sie unterbricht: „Dett is Frollein Monika!"
„Nun, dann also herzlich Willkommen, *Fräulein Monika*", fährt sie lachend fort und reicht mir die Hand. Sie ist schlank und fein, diese Hand. Ich schätze die Frau auf etwa Mitte sechzig. „Wie reizend von Ihnen, dass Sie Zeit für einen Umweg hatten", sagt sie.

„Kann ich mich mit einem Tee revanchieren?"

„Dett Anjebot sollten Se annehmen, Frollein Monika. Dett is der beste Tee, den Se in janz Hamburch kriejen können!" tönt es sofort vom Kofferraum her, dessen Deckel Willy in diesem Moment zufallen lässt.

„Na ja", beginne ich zögerlich, aber beide nicken so auffordernd, dass ich schließlich annehme.

Gleich hinter der Tür öffnet sich das Haus zu einer großen Halle, die trotz ihrer hanseatischen Pracht sofort vertraut und gemütlich ist. Keine prachtvollen Lüster, kein Klimbim – alles hier ist ruhig, stilvoll und ein wenig zurückgenommen. Eine breite Treppe führt nach oben, ich sehe mehrere Türen. An jeder von ihnen kleben Kinderzeichnungen, und ich muss an das Mädchen im Nachbarauto denken, das genau solche Bilder mit dem Finger an die Scheibe gemalt hat. Es kommt mir vor, als wäre das schon ewig her...

Frau Sievers, wie sie sich vorgestellt hat, führt uns in einen kleinen Raum gleich rechts der Halle – offensichtlich ihr Büro. Willy stellt den Karton, den er aus dem Kofferraum geholt hat, auf dem Fußboden ab. Durch einen Spalt erkenne ich Kinderspielzeug, eine Puppe, fragende Teddybäraugen... Frau Sievers legt ihm zum Dank die Hand auf den Jackenärmel. Eine kleine Geste – vertraut und dankbar, die mich berührt.

Ich sehe mich um: über und über stapeln sich Akten und Papiere im Zimmer, ein Computer lugt halb verdeckt darunter hervor – „der Inbegriff des kreativen Chaos", schießt es mir durch den Kopf.

„Oh, Sie müssen entschuldigen", sagt Frau Sievers im selben Moment, und wieder habe ich das Gefühl, dass meine Gedanken mir auf die Stirn geschrieben stehen, „hier herrscht das absolute Chaos. Aber selbst *mein* Tag hat nicht genug Stunden. Und wenn man dann wie ich mit der Technik auf Kriegsfuß steht...!" Sie lächelt kopfschüttelnd und geht weiter in ein angrenzendes Zimmer, in dem ein Sofa und zwei Sessel auf uns warten. „Ich hole schnell den Tee", sagt sie und ist auch schon wieder zur Tür hinaus. Willy und ich setzen uns. Es ist seltsam, wie gut er hierher passt trotz Lederjacke und Berliner Jargon.

„Was ist das hier?" frage ich ihn und merke, dass ich meine Stimme unbewusst gedämpft habe.

„Kinderheim Sirius", antwortet er, „hier wohnen zwanzich Kinder, die keene Eltern mehr haben."

„Oh, im Augenblick sind es sogar *fünfund*zwanzig", berichtigt Frau Sievers ihn, die jetzt mit einem Tablet in der Tür steht.

„Na watt'n – sind noch n' paar Frischlinge dazujekommen letzte Woche?

„Ja", sagt Frau Sievers seufzend. „Und auf der anderen Seite wurden schon wieder die Zuschüsse von der Stadt gekürzt... Es ist kaum noch zu schaffen, aber wir können die Kinder doch nicht einfach wegschicken...“

„Neenee, dett jeht ja jaaanich“, stimmt Willy zu und hilft etwas ungeschickt, das Tablett abzuräumen.

In der nächsten Stunde erfahre ich viel von der Arbeit des Kinderheims, von den Bemühungen, den elternlosen Kindern eine gute Betreuung und ein behütetes Zuhause zu geben, von den Sorgen und Nöten der Betreiber, aber noch viel mehr von den Sorgen und Nöten der kleinen Bewohner, deren Schicksale mich sofort von meinen eigenen Gedanken ablenken, die in den vergangenen Wochen so unaufhörlich um mich selbst gekreist sind. -

Nun, und eine weitere Stunde später habe ich sogar eine feste Anstellung: Ab nächster Woche arbeite ich als Halbtags-Sekretärin im Kinderheim!

Als mich Willy später vor meiner Tür absetzt, haben sich alle meine innigsten Wünsche auf wundersame Weise in dieser einen Nacht erfüllt: Ich habe meine Zukunft genau dort gefunden, wo mir meine Vergangenheit einmal zu eng geworden war. Ich habe endlich eine sinnvolle Arbeit, und  noch dazu habe ich in dieser Nacht gleich zwei wunderbare Menschen getroffen. In den vergangenen vier Stunden hat sich für mich mehr verändert, als in den vergangenen zwanzig Jahren zuvor – und noch dazu weiß ich jetzt, wo es den besten Tee der Stadt gibt…!

Willy öffnet mir die Wagentür, ich kann mich nur schwer von dem warmen Schaffellbezug trennen. Beim Gedanken an meine leere Wohnung läuft mir ein Schauer über den Rücken. Aber es nützt ja nichts…

„Na, Frolleinchen, da seh'n Se ma, für watt so'n Umweech manchmal jut sein kann, wa?!" Willy steht mit einem breiten Grinsen vor mir auf dem Bürgersteig, neben ihm steht mein Koffer. Ich reiche ihm die Hand und mit einem Mal weiß ich nicht, was ich sagen soll. Etwas verlegen betrachte ich den feuchten Asphalt zu unseren Füßen – auch hier kleben überall angetrocknete Kaugummis – als Willy den Kofferraumdeckel aufspringen lässt und zwei Kartons herausholt, die er aufeinander stapelt.

„Na, denn woll'n wir mal, wa?!" sagt er wie schon zu Beginn unserer Begegnung und nickt auffordernd in Richtung Hauseingang. „Ick bring' Se noch hoch – is doch Ehrensache. Manier'n und so…!" Er zwinkert mir zu, und nachdem ich das Türschloss mit dem alten Schlüssel aufgefingert habe, steigen wir im fahlen Treppenhauslicht in den dritten Stock. Das Türschloss schnappt auf, abgestandene Luft schlägt mir entgegen.

Zögerlich betrete ich die Wohnung, die nur mäßig durch die Straßenlaternen von draußen beleuchtet wird. Gewohnheitsmäßig durchquere ich den langen Flur, betrete das hintere Zimmer und öffne beide Fenster zum Garten. Frische Nachtluft weht herein. Als ich mich umdrehe, sehe ich Willys Schattenriss in der Wohnungstür stehen. Er trägt noch immer die beiden Kartons. Ich winke ihm, bedeute ihm einzutreten, doch er schüttelt nur den Kopf.

„Neenee, ick soll denn jetzt ooch mal los, Frolleinchen. Ick will Ihnen ma nich weiter schtör'n… Bloss dett hier noch…" Kurz hebt er die Kartons ein paar Zentimeter an, bevor er sie auf den kahlen Fußboden im Wohnungsflur stellt. „Is für Sie, damit's hier nich so leer und unjemütlich is am Anfang…" Er räuspert sich. „So, und jetzt macht Willy aber mal n' Abfluch… Allet Jute. Und wir seh'n uns ja denn ooch mal bei Frau Sievers…"

„Ja…", erwidere ich – ich weiß noch immer nicht, was ich sagen soll. Willy ist mir in diesen wenigen Stunden so sehr ans Herz gewachsen, als würde ich ihn schon ewig kennen. Ich schaue ihn an, er zwinkert in seiner unnachahmlichen Art.

„Ach, und wenn Se mal wieder n' Wunsch haben – einfach anrufen, ja?!" Er schnippst mir ein Visitenkärtchen zu, das auf den Kartons zu liegen kommt und stapft auch schon die Treppen hinunter.

Langsam schließe ich die Wohnungstür und lege den Lichtschalter um. Irgendein freundlicher Mensch hat bei der Räumung wenigstens eine Glühlampe im Flur zurückgelassen... Schlammiges Licht fällt auf die Kartons, ich setze mich auf das abgelaufene Linoleum und schaue hinein: Ein paar Lebensmittel, alles für ein gutes Frühstück, sogar eine winzige Vase mit einer kleinen gelben Rose finde ich darin. Im zweiten Karton sind eine Decke und ein Kissen, ein Handtuch...

Mit einem Kloß im Hals nehme Willys Kärtchen zur Hand:

*„Willy's Wunschtaxi – immer da, wenn Se's brauchen!"* steht da. Eine Telefonnummer und darunter: *Ehrensache, Frolleinchen!*

# Schiffstaufe

Die Champagnerflasche zerschellt halb krachend, halb schmatzend am Bug der „Catalina", und ich habe meine Aufgabe erfüllt. Beifall hallt von den Werft- und Hafenschuppen wider, alle sind in Feierlaune. Nur mir geht unaufhörlich durch den Sinn, warum der Eigner des Schiffes ausgerechnet mich als Taufpaten ausgesucht hat. Für ein Schiff, an dem hunderte Planer, Ingenieure, Handwerker und Hilfsarbeiter über Monate gearbeitet haben. Ein Schiff, das die Weltmeere bereisen wird, während ich erst im letzten Jahr zum ersten Mal aus meiner Heimatstadt herausgekommen bin.

Und wir haben so gar nichts miteinander gemein, Herr Eigner und ich. Er ist ein schwitzender, fettleibiger Mann Mitte sechzig, der sich auf kumpelhafte Art sofort mit jedem verbrüdert, seine Gesprächspartner – auch höher gestellte und ihm völlig fremde – ständig mit seinen fleischigen Händen berührt, ihnen jovial auf die Schulter klopft oder plumpvertraut gegen Brust oder Oberarme boxt. Dabei hat er ständig eine Zigarette zwischen den bräunlichen Wurstfingern, wenn sie nicht gerade mit aufgeregtem Wippen einen seiner zumeist unkomischen Witze im Mundwinkel begleitet. Er ist so unsympathisch, dass ich mich frage, woher all diese Leute kommen, die heute seine Party bevölkern. Schnorrer und Möchtegerne, die nach einer weiteren Gelegenheit suchen, in der neuesten Klatschpresse Erwähnung zu finden. Ein zweifelhafter und vor allem kurzlebiger Ruhm, der keiner ist.

Das schnatternde Menschenrudel strömt hinein zum Champagnerempfang, und ich bin – glücklicherweise – schnell vergessen. Ebenso wie die „Catalina" übrigens, die ihren Stapellauf mit majestätischer Eleganz absolviert hat und nun ebenso hoheitsvoll aus dem Hafen hinaus gleitet.

Ich ziehe mein flatterndes Jackett enger um meinen Körper, verschränke die Arme vor der Brust und schlendere die Mole entlang, während meine Augen dem Riesendampfer folgen.

Sie ist schön, die „Catalina". Herr Eigner baut nur schöne Schiffe. Schiffe der Superlative mit allem Komfort, die Unmengen seines Geldes verschlingen, um dann in wenigen Jahren mehr als das Dreifache wieder zurückzuspülen. Krise hin oder her. „Pötte mit allem Schi-Schi", hatte er dröhnend vom Pier gebrüllt, als ich meine kurze Laudatio gerade beendet und das Seil mit der Champagnerflasche ergriffen hatte. Der Taufspruch – das eigentliche Ereignis dieser Veranstaltung – war dann im brüllenden Gelächter und

Geklatsche der Partygäste untergegangen. Schon der Stapellauf fand kein großes Interesse mehr, Champagner und Häppchen warteten auf die Gäste, die in flatternden Edelkleidchen und Hüten oder mit winddurchschüttelten Coutureanzügen in der auffrischenden Brise am Pier herumstanden.

Nun war es vorbei. Die „Catalina" war in ihren Dienst gestellt und zur ersten Fahrt aufgebrochen – Karibik für Reiche. Menschen, die schon alles haben...

*Mein* Geldbeutel hingegen ist öfter leer als gefüllt, womit er meinem Kühlschrank ähnelt – und leider bisweilen auch meinem Kopf. Die Schriftstellerei ist das, was man eine „brotlose Kunst" nennt, kreatives Zeug, das seinen Mann nicht ernährt. Zumindest nicht regelmäßig.

Ich schreibe. Immer wieder. Mit Begeisterung. Und seit neuestem wird mir sogar Talent bescheinigt. Nachdem ich viele Jahre mehr oder weniger im Verborgenen geschrieben, und schließlich – weil niemand meine Romane lesen, ja geschweige denn verlegen wollte – zum Broterwerb für Werbeagenturen getextet und drittklassigen Anzeigen- und Lokalblättchen Kolumnen geliefert habe, ist mir der „große Wurf" gelungen. Ein Roman, der es auf mir noch immer unerklärliche Weise geschafft hat, unter den Augen eines Lektors zu bestehen.

Dabei hat der Mann doch sonst ein so treffsicheres Auge...

Nun, mit der entsprechenden Werbemaschinerie schaffte es mein bisher mittelmäßigster Text zum ebenso vielgepriesenen wie vielbeschriebenen und noch öfter zitierten Bestseller.

Ich habe dieses Mysterium von Meinungsmache und Manipulation noch nie – und auch jetzt nach mehr als fünf Monaten Dauererfolg – noch immer nicht wirklich verstanden. Seither tingle ich höchst willkommen durch Talkshows, trete bei Lesereisen in Buchläden und Stadttheatern auf, und lese auf Verlagsgeheiß wiederkäuend immer dieselben Textpassagen, um nicht zu viel des Romans preiszugeben. Damit die Leute das Buch anschließend auch noch kaufen. Signiert, versteht sich.

Also schreibe ich Widmungen für Menschen, die ich nicht kenne, weiß, dass die „geschätzten Leser" sich fortan mit meiner Originalunterschrift schmücken und so tun werden, als würden wir uns wer-weiß-wie-gut kennen, aber das ist mir egal. Schon bald, spätestens wenn der nächste „große Wurf" eines anderen in der Presse gepriesen wird, werde ich vergessen sein.

Bestenfalls Geschichte.

So, wie die „*Catalina*", die jetzt nur noch als kleine, graublaue Silhouette in der Hafeneinfahrt zu erkennen ist. Nichts ist von hier aus noch zu sehen von ihrer majestätischen Größe, ihrer Schönheit, ihrem Design und ihrer verschwenderischen Ausstattung... nichts, außer ein paar letzten Wellen, die an die Kaimauer klatschen.

In meiner Festrede habe ich von all diesen Gedanken nichts erwähnt. Natürlich nicht. Ein Anlass zum Feiern verträgt keine kritischen oder melancholischen Betrachtungen. Der Spaß regiert, Leichtigkeit, Fröhlichkeit, Unbeschwertheit. Passend zum Champagner, der in den Gläsern perlt wie das Lachen der schönen Frauen an der Seite ihrer betuchten Männer. Wer will da von einem Schreiberling wie mir hören, dass die Welt so ganz anders ist, als sie am prall gefüllten Büffet erscheint? Wer will von Vergänglichkeit und Zweifelhaftigkeit des Ruhms hören, von Menschen, denen der Kaviar nicht auf silbernen Löffeln in den Mund serviert wird? Wer will mit der Nase darauf gestoßen werden, dass die Menschen, mit denen er da trinkt und feiert, ein Leben führen, von dem er nichts weiß. Er kennt diese Leute nicht, weiß nichts über sie, nichts von ihrer Geschäftemacherei, ihren Sorgen oder Nöten, ihren wahren Gedanken, kennt ihre wirkliche, ehrliche Meinung nicht...

Alles ist nur an der Oberfläche – so wie die schönen Schiffe des Herrn Eigner. Sie gleiten dahin, fast schwerelos in der Leichtigkeit des schönen Scheins. Und nichts lässt erahnen, wie viele Menschen hinter den Kulissen hart dafür arbeiten. Seeleute und Servicepersonal aus Polen und den Philippinen, die sich untereinander kaum mehr als mit Zeichensprache verständigen können; Menschen, die für einen Hungerlohn aus ihren Heimatländern an Bord der strahlenden Ozeanriesen gekommen sind, um dort im Dunkel des Schiffsrumpfs für wenig Geld und unter unwürdigen Bedingungen all die Arbeit zu machen, für die andere sich zu schade sind. Menschen, die jeden Cent ihrer Heuer nach Hause schicken, um die Familien zu ernähren. Menschen, die niemals eine Kreuzfahrt auf dem Upper Deck erleben werden. Menschen, die keinen Champagner trinken.

Menschen unter der Oberfläche. Dort, wo das wirkliche Leben stattfindet.

Jeden Tag.

Gute Reise.

# Barista

Ich lebe in einer Stadt voller Bürohochhäuser, Coffee Shops, Shopping Malls und meterhoher Kräne, die immer neue Riesenbaustellen überragen, die sich dann vergeblich hinter graffitybunten Bretterzäunen zu verstecken suchen. Es ist eine Stadt voller Menschen, die sich von unsichtbarer Hand gelenkt kreuz und quer durch die Quartiere bewegen, tausende Autos, Taxis und Busse, die geschäftig hin- und herfahren und scheinbar ständig in Bewegung sind.

Unterhalb dieser Großstadtmaschinerie, tief im Keller der Stadt, brausen Schnellbahnen durchs dunkle Tunnelröhrengeflecht. Sie sind das unterirdische Spiegelbild der oberirdischen Aktivität, das ganz eigenen Taktraten und Mechanismen folgt. Es verschmilzt immer nur dann für einen Moment mit der Welt oben, wenn Menschen vom einen in den anderen Kosmos überwechseln. Strikt von Fahrplänen getaktet treten beide Welten über hunderte Waggontüren und Drehkreuze miteinander in Kontakt: sie öffnen sich, lassen Fahrgäste aus- und einsteigen und gleich darauf schließen sie sich wieder.

Die Bewohner meiner Stadt teilen sich dabei in zwei Mentalitäten:

Es gibt die „nur-oben"-Menschen – Bus- und Autofahrer zumeist, die niemals in die Welt unter der Stadt wechseln. Und es gibt die „unten"-Menschen – sie allerdings finden immer wieder an die Oberfläche zurück. Ihre täglichen Wege legen sie unterirdisch zurück, steigen hinab in die neonbeleuchtete Unterwelt, nur um irgendwann am entgegengesetzten Ende der Stadt wieder ans Tageslicht zurückzukehren.

Hier, an den Kreuzungspunkten der zwei Welten – an den Ein- und Ausstiegen zum Untergrund – treffen die zwei Mentalitäten regelmäßig aufeinander. Hier stehen wie geheime Treffpunkte Hot Dog- oder Bratwurstbuden, vor allem aber Coffee Shops, in denen sie sich begegnen. Dies sind die wahren Schmelztiegel der modernen Metropolen: vom schnieken Geschäftsmann in Anzug und hochglanzpolierten Schuhen bis zum dreitagebärtig-übernächtigten Studenten in Jeans und T-Shirt, von Putzfrau bis Bankmanager, Telefontechniker bis Arzt oder Rechtsanwalt trifft sich hier alles im universellen Mikrokosmos von Kaffee und Lifestyle. Einige, weil sie es *chic* finden; die meisten, weil durch das *überall-auf-der-Welt-gleich-Konzept* eine Bestellung mit jedem Wissens- oder Fremdsprachengrad schnell und einfach möglich ist; viele, weil es einfach auf ihrem Weg liegt.

Hier also, im Coffee Shop, treffen alle Welten und Klischees meiner Stadt aufeinander: oben und unten, arm und reich, jung und alt... und ich sehe sie alle. Jeden Tag.

Ich arbeite in einem der belebtesten Coffee Shops nahe dem Hauptbahnhof, verschenke hunderte Male am Tag ein möglichst strahlendes Lächeln, eine freundliche Begrüßung und nehme Bestellungen entgegen, die ich mit Milchschaum verziere. Seit einem halben Jahr bin ich nun hier, und inzwischen kenne ich meine Stammkunden und ihre Wünsche in- und auswendig.

Da ist Steve, geboren in Alaska und vor kurzem von seinem letzten Auslandseinsatz in Afghanistan hierher versetzt. Er ist der erste *double shot espresso* jeden Morgen, seine Bestellung ruft er schon von der Tür aus herüber, greift sich die Tageszeitung vom Stapel neben dem Eingang, liest sie am Servicecounter, während er zwei Päckchen Zucker aufreißt und zusammen mit passendem Geld neben die Zeitung legt. Sobald sein Espresso fertig ist, streut er den Zucker ein, rührt kurz um, trinkt schnell, rollt die Zeitung auf, steckt sie unter den Arm, tippt sich kurz an den Schirm seiner Baseball Cap und ist Minuten später im Untergrund vor dem Coffee Shop verschwunden.

Lisa, blond, zierlich, etwa 19 oder 20 Jahre alt, kann sich nie entscheiden, was sie bestellen will und bestellt dann doch immer wieder einen *caramel macchiato mit entrahmter Milch to go* – jeden Tag liest sie das gesamte Angebot auf den großen schwarzen Schiefertafeln über meinem Kopf – sie bemerkt weder meine freundliche Begrüßung noch mein Lächeln, bemerkt aber auch ebensowenig, dass ich inzwischen schon automatisch einen *caramel macchiato* für sie fertig mache.

Frank kommt gegen sieben, pfeift wie immer zur Musik in seinen kleinen weißen Kopfhörern, schaukelt beim Gehen im Takt hin und her und brüllt dann: *„Einen großen Latte to go!"* über seine stampfenden Beats. Passend zum Rhythmus zählt er das Geld auf den Tresen, auch er ignoriert konstant mein strahlendes Lächeln, das ich aber dennoch jeden Morgen für ihn anknipse. Gelernt ist gelernt.

Carmen mit den tiefschwarzen Haaren bestellt mit rauchiger Stimme und starkem Akzent eine *hot chocolate mit Zimt und einen Käsebagel* und hat wie immer Coupons zum Bezahlen dabei. Sie putzt im Bürogebäude nebenan und hat jetzt – um 7.30 Uhr – Feierabend. Erst einmal. Ihr zweiter Job fängt um 9 Uhr an, sie zerrt ein zerfleddertes Buch aus ihrer Tasche und setzt sich vorn ans Fenster. Sie schlägt so die Zeit tot bis sie wieder zur Arbeit muss – vermutlich ist es ihre einzig freie Zeit am Tag.

Dann kommen die Business-Typen – sie sehen alle gleich aus, ich kann mir nicht merken, wer von ihnen was bestellt. Wie geklonte Retortenmenschen strömen sie herein. Wie mir scheint, tragen sie alle dieselben Anzüge und Frisuren – gut: unterschiedliche Krawatten haben sie – aber ich kann sie beim besten Willen nicht unterscheiden. Die nächste Stunde ist die anstrengendste – endlos strömen Kunden herein, die Bestellungen rattern nur so durch die Luft, ein Becher nach dem anderen wird mit Namen und Kürzeln beschriftet, damit die Getränke auch den richtigen Gast erreichen. Wie am Fließband produzieren wir beschriftete, befüllte Becher, drücken Deckel darauf, rufen Namen auf, wünschen einen schönen Tag, verschenken noch einmal unser Lächeln und sind noch in derselben Sekunde vergessen.

Das Ende dieser Rush Hour kündigt sich an, wenn Carmen geht. Sie nickt kurz zu mir herüber, und ich weiß: jetzt noch etwa eine halbe Stunde, dann wird es endlich wieder ruhiger. Wieder ein Lächeln – diesmal wird es erwidert – von Carmen.

Neue Bagel, neue Becher, neue Milch – der Ansturm ist bewältigt und wir sind wieder startklar – es ist 9.55 Uhr.

Nun kommt mein absoluter Liebling: ein alter Herr mit dem gütigsten aller Gesichter kommt herein. Er trägt wie immer einen hellen Anzug, dazu einen Trenchcoat und einen Hut, den er an der Tür artig vom Kopf nimmt, mich anlächelt und mir – als erster übrigens – einen schönen Tag wünscht. Ich freue mich immer, ihn zu sehen. Seine Frau sitzt draußen vor dem Laden. Jeden Morgen bringt er ihren Rollstuhl dort in die richtige Position, fragt sie liebevoll, ob sie mehr in die Sonne oder mehr in den Schatten möchte, stellt die Bremsen fest und bestellt schließlich bei mir *„two Caffei Lattei"* - sehr englisch ausgesprochen also, was meine Kolleginnen immer zum Kichern bringt. Er bedenkt auch sie mit seinem gütigen Lächeln, auch wenn ich glaube, dass er kein Wort versteht von dem, was wir sagen. Er spricht nicht, er bestellt, legt sein Geld auf den Tresen, schaut sich lächelnd um, wartet bis ich ihm den Kaffee aushändige, dankt mit einer wundervoll altmodischen Verneigung und geht hinaus zu seiner Frau.

Er setzt sich an einen der kleinen Tische neben sie, seine Frau schnuppert zunächst lange mit geschlossenen Augen am Kaffeebecher und trinkt dann mit einem zutiefst glücklichen Lächeln ihren Morgenkaffee. Es ist ein so liebevolles Bild, dass es mich jeden Morgen wieder aufs neue rührt und glücklich macht.

Wie eine Insel inmitten des rastlosen Gewühls dieser Stadt sitzen die beiden alten Menschen vor meinem Fenster und genießen ihren Kaffee – so, wie es eigentlich sein sollte. Die meisten meiner Kunden trinken ihn im Gehen, auf dem Weg irgendwohin, ohne ihn wirklich zu genießen. Und ich denke, viele der großen Becher enden irgendwo auf dem Weg noch halbvoll in einer der großen Mülltonnen, die überall in der Stadt gierig ihre Münder aufreißen. Dieses alte Ehepaar aber ist wie ein lebendig gewordenes Plakat für Genuss, ein Apell, sich Zeit zu nehmen für den Duft, das Aroma, die Wärme, die uns Kaffee und die Menschen, mit denen wir ihn trinken, schenken können.

Wenn ich diese beiden Menschen sehe, weiß ich plötzlich wieder, warum ich in einem Coffee Shop arbeite. Ich bin Barista, aber ich verkaufe keinen Kaffee – ich verkaufe Zeit mit kleinen Milchschaumhauben. Ich verkaufe kleine Ruheinseln zwischen Presslufthämmern, Verkehrsstaus und Polizeisirenen, kleine Momente des Innehaltens im Alltag meiner Stadt.

Und manchmal ist es vielleicht ein Lächeln, das den Tag verändert. Manchmal der Duft eines guten Kaffees. Aber immer sind es die Menschen, die uns begegnen.

Und deshalb fülle ich auch morgen wieder jeden Becher mit Kaffee und Milchschaum, etwas Zeit und einem Lächeln.

Ich bin Barista – aus gutem Grund.

# Elf Worte

Wieder sitze ich hier und feile an den Worten, die ich Dir schreiben will. Eigentlich will ich Dir gar nicht schreiben – viel lieber möchte ich mit Dir *sprechen*, in Deinem Gesicht lesen, spüren, ob ich die richtigen Worte gefunden habe.

Erklären, entschuldigen, weinen vielleicht...

Ein Gespräch ist um so vieles einfacher, gibt es doch die Möglichkeit, durch Mimik und Gestik – durch ein Lächeln hier oder ein Achselzucken dort – das Gesagte dem Gemeinten näherzubringen. Beim Schreiben läuft man die schier unbeeinflussbare Gefahr, dass sich Missverständnisse zwischen den Zeilen einnisten, sich von Absatz zu Absatz unheilvoll vermehren und dort fortan, bis zur letzten Zeile, ihr Unwesen treiben. Da lässt oft schon ein einziges unachtsam oder nachlässig gewähltes Wort Zweifel oder Angst aufkeimen, es bietet Spielraum für Interpretationen, leistet Mutmaßungen Vorschub oder gibt alles übrige Geschriebene der Lächerlichkeit preis. Ganz zu schweigen von der Unvorhersehbarkeit der Stimmung, in der solch ein Brief den Empfänger erreicht...

Doch wenn ich so weiterdenke, dann wird dieser Brief wohl niemals fertig werden!

Seufzend greife ich nach meinem Kaffeebecher – er ist leer. Wieder eine gute Gelegenheit, das Schreiben – das ja ohnehin nicht stattfindet – zu unterbrechen, in die Küche hinüber zu gehen und mir frischen Kaffee nachzuschenken.

Jenseits des Küchenfensters liegt eine leblos scheinende Stadt im Nieselregen. Neblig-graue Tristesse bewohnt die sonst lebendigen Straßen – ich habe heute noch keinen einzigen Menschen, geschweige denn Autos gesehen. Das ganze Viertel hat sich in fades Grau gehüllt und es bis zur Nasenspitze hinauf hochgezogen.

Ob es wohl je wieder Frühling wird? Tage wie diese lassen mich zweifeln.

Mein Brief.

Mit einem erneuten Seufzer kehre ich an meinen Schreibtisch zurück. Auch von hier sehe ich nur graue Regenschlieren am Fenster vorüberziehen.

Ich starre auf das noch immer leere Blatt Papier vor mir – und es starrt ebenso vorwurfsvoll wie unerbittlich zurück.

*Schreib endlich!* Scheint es zu sagen. *Schreib endlich, dann hast Du's hinter Dir!*

Doch schon die Anrede ist ein Problem:

*Meine Liebe* – nein, das geht nicht. Nicht mehr.

*Hallo Agnes* – nein, das klingt, als hätte es uns nie gegeben.

*Agnes* – zu förmlich. Fremd.

*Meine liebe Agnes* ... vielleicht?

*Liebe Agnes...*

Na gut, also: *Liebe Agnes.*


Nun steht es da in nachtblauer Tinte und schaut mich ebenso vorwurfsvoll an wie zuvor das leere Blatt Papier.


Verflixt! Mir fehlen doch sonst auch nicht die Worte!


Lange Zeit kaue ich schließlich auf ein paar ungelenken Sätzen herum, lasse mir dabei die Wörter über die Zunge rollen, schmecke sie, spüre ihnen nach – bis ich schlussendlich begreife, dass sie alle – ganz gleich, welche ich in den nächsten Stunden noch aus meinem Sprachschatz zutage fördern werde – sie alle werden bitter schmecken, eines wie das andere. Es gibt keine Süße, die die Tatsache verzuckert, dass ich fortgehe. Nichts wird Dir diese Bitterkeit versüßen – aber auch nichts wird sie Dir ersparen.


Ich gehe fort. Schon morgen. Ohne, dass wir uns noch einmal sehen.

Wir werden uns nie wieder sehen. Welcher Zuckerguss soll da helfen?!

Wenn Du diesen Brief bekommst, bin ich schon fort – auf der anderen Seite des Kontinents, in meinem neuen Leben – ohne Dich. Mein bisheriges Leben ist bereits in Kartons verpackt – sie stehen im Flur und warten auf den Umzugswagen. Was schert es mich da eigentlich noch, was Du dann von mir denken magst? Warum quält es mich so...?
Ich habe meine Erklärung – wenn es denn eine gibt – schon so lange vor mir hergeschoben, dass ich Deine Reaktion darauf ohnehin gar nicht mehr mitbekommen werde.

Natürlich ist das feige. – Ich *bin* feige.
Nur ein einziges Mal in meinem ganzen bisherigen Leben war ich mutig: an dem Tag, an dem ich mich mit Dir einließ.
Mit einer verheirateten Frau.
Ein *Entweder–Oder* kannst Du nicht, sagst Du.
Ein *wie-Bisher* will ich nicht mehr.
Mut und Liebe allein reichen manchmal eben nicht.

❦

Das Knarren der schweren Holztür des Altbaus in der Growiner Straße hallt laut im Treppenhaus wieder.

„Der ist gestern ausgezogen", sagt die Frau mit dem Plastikregenschutz über den grauen Haaren, auf dem tausende Wassertropfen wie durchsichtige Stecknadelköpfe Platz genommen haben.

„Ach", sagt der Postzusteller. Nachdenklich dreht und wendet er die Postkarte in seiner Hand, die er gerade eben noch in den Briefkasten mit der Aufschrift WEGNER stecken wollte. „Wissen Sie zufällig, wohin?" fragt er und macht ein besorgtes Gesicht.

„Nee, weiß ich nicht. Ich weiß ja schließlich nicht alles, was hier passiert!" gibt die Frau schnippisch zurück und knallt ihren eigenen Briefkasten geräuschvoll zu.

„Na ja, – ich denke halt nur, es wäre gut, wenn er *die hier* bekäme...". Der Postzusteller hält die Karte hoch.

„Tja", macht die Frau achselzuckend, ein schwacher Versuch, ihre Neugierde zu vertuschen. Zögerlich wendet sie sich zum Gehen und sagt dann scheinbar leichthin: „Sie können sie ja dalassen. Legen Sie sie doch oben auf die Briefkästen – vielleicht weiß ja einer was..." Dann steigt sie endgültig die knarrende Treppe hinauf.

⸻ ❧ ⸻

Ganze vier Wochen später ist noch immer kein Nachsendeantrag von Herrn Wegner eingegangen. Und an diesem Tag entschließt sich der Postszusteller, die Postkarte – die er an jenem Tag im Hausflur in seine Brieftasche gesteckt und damit diskret vor jedem unbefugten oder neugierigen Blick verborgen hatte – endlich wegzuwerfen. Es wäre wohl ohnehin zu spät – inzwischen hätte Herrn Wegner die Nachricht sicherlich schon irgendwie auf andere Art erreicht...

So liegt schließlich am selben Abend in einer Mülltonne am Hölderlinweg eine Postkarte mit ganzen elf Worten:

*Es ist vorbei.*
*Wir werden uns nicht mehr sehen.*
*Adieu,*
*Agnes.*
Elf Worte –
bitter schmeckend und ohne jeden Zuckerguss.

# Jonas von Gegenüber

Ich wohne in einer kleinen, stillen Seitenstraße in der Nähe der Oper. Die Straße ist so schmal, dass keine Autos hindurchpassen. Na ja, sie würden schon hindurchpassen, und die Feuerwehr *muss* ja hindurchpassen, falls es mal irgendwo brennt. Aber dann wäre darüber hinaus kein Platz mehr in der Straße, und so hat man sie für Autos gesperrt. Die Menschen aus den Wohnungen in dieser Straße parken vorne, in der Hauptstraße, oder auf einem kleinen, matschigen Parkplatz ein paar hundert Meter weiter.

Eigentlich besteht unsere Straße nur aus zwei großen Häuserzeilen – fünf Stockwerke hoch ziehen sie sich rechts und links über die ganze Länge an der Straße, und es ist egal, ob man von der einen oder von der anderen Seite in die Straße hineinblickt: Das Bild, das sich einem bietet, ist absolut identisch. Mitten hindurch führt der schmale Asphaltstreifen, rechts und links eingerahmt von zwei winzigen Bürgersteigen, die so schmal sind, dass man – kommt einem jemand entgegen – auf die Straße ausweichen muss, um den anderen nicht anzurempeln. Gleich neben den Bürgersteigen ziehen sich alte, verrostete Metallzäune mit verschnörkelten Zierelementen entlang, dahinter liegt ein etwa handtuchgroßer Streifen Grün, neben dem dann auch sogleich die Häuserwände emporragen. Beide Häuser – rechts wie links – sind sandfarben gestrichen und haben breite weiß-gemalte Ränder um die Fensteröffnungen herum. Ganz oben, im obersten Stockwerk, sind die Fenster größer und zum Teil bodentief. Es gibt geschwungene, halbrunde Gauben, die, wie der Rest der Dächer, mit schwarzen Schindeln bedeckt sind.

Hier oben wohne ich. Zu meiner Wohnung gehören zwei solche großen, halbrunden Gauben – eine im Wohnzimmer und eine in dem Zimmer nebenan, das ich seit einiger Zeit als Arbeitszimmer nutze. Ich bin Grafikdesigner und arbeite von zuhause aus, nachdem ich etwa zwei Jahrzehnte in modernen, neonbeleuchteten Designbüros und Werbeagenturen verbracht habe, in der stets die wuselige Hyperaktivität eines zumeist wild zusammengewürfelten Haufens Kreativer den Takt angab. Dagegen ist es hier unheimlich still, und es hat mich einige Zeit der Eingewöhnung gekostet, nicht mehr in diese Stille hineinzuhorchen, so als müsse im nächsten Moment die altvertraute Geräuschkulisse losbrechen, oder fast schon sehnsüchtig auf das Klingeln des Telefons zu warten.
Inzwischen möchte ich diese Stille nicht mehr missen. Sie erzählt mir die besten Geschichten, liefert mir

Inspiration für meine Arbeit. Nicht einmal mehr das Radio läuft, das ich in den ersten Wochen meiner ungewohnten Isolation beinahe rund um die Uhr eingeschaltet ließ.

Doch das Arbeiten in den eigenen vier Wänden will gelernt sein: die nicht vorhandene Geräuschkulisse anderer Menschen, die hektische Betriebsamkeit eines Agenturalltags sind dabei nur die lauten, auffälligen Dinge, die man zuerst am meisten vermisst. Aber es fehlen auch die mehr oder weniger nutzbringenden Zwischendurchgespräche an der Kaffeemaschine oder am Kopierer, das schnelle adhoc-Feedback der Kollegen zu einer neuen Idee, das gemeinsame Lachen und nicht zuletzt die soziale Kontrolle: Irgendwann geht man nach Hause, verabschiedet oder verabredet sich, man erinnert sich gegenseitig an dieses andere Leben, auch „Freizeit" genannt, das man während der konzentrierten Arbeit nur allzu leicht aus dem Auge verliert.

Hier zuhause habe ich schon sehr bald vergessen, wie Freizeit eigentlich funktioniert. Irgendwie dreht sich alles um meinen Schreibtisch, hier findet mein ganzes Leben statt – lediglich kurzzeitig und meist widerwillig unterbrochen von notwendigen Besorgungen oder einem Besuch in den Agenturen, für die ich arbeite. Doch sobald mein Mantel wieder an der Garderobe hängt, geht es sofort zurück an den Schreibtisch. Nein, das ist nicht richtig: zuerst gehe ich zur Kaffeemaschine. Sie ist, neben meinem Schreibtisch, mein zweitwichtigstes Möbelstück geworden.

Oft arbeite ich stundenlang ohne Unterbrechung, und wenn ich mitten in einem Projekt oder kurz vor einer Deadline stehe, auch bis mitten in die Nacht. Bisweilen vergesse ich dabei zu essen oder zu trinken – lediglich Kaffee trinke ich eigentlich ständig. Irgendwann zwingen mich dann fast unmenschliche Kopfschmerzen und ein völlig verkrampfter Nacken zu einer Pause, einem schnellen Bissen zwischendurch und vielleicht ein wenig Schlaf. Alles keine Zutaten für ein gesundes Leben, ich weiß. Aber ich kann es nicht ändern.

Aber das muss ich auch gar nicht, denn Änderungen kommen bekanntlich oft von außen, ohne Vorwarnung und zumeist aus einer Richtung, in die man schon eine ganze Weile nicht mehr geschaut hat...

Es war dieser völlig verregnete, düstere Nachmittag im November. Ich saß (natürlich) wieder an meinem Schreibtisch und arbeitete an einem Plakat für einen großen Spielzeughersteller, als mein Blick aus dem bodentiefen Gaubenfenster fiel. Das Haus auf der gegenüberliegenden Seite – ich habe es schon erwähnt – ist eine exakte Kopie des Hauses, in dem ich wohne. Es hat demzufolge dieselben halbrunden Gauben im oberen Stockwerk, die folglich auch auf derselben Höhe liegen. Sehe ich also aus meinem Gaubenfenster hinaus, schaue ich direkt in das mir gegenüberliegende Gaubenfenster hinein. Nichts, was ich nicht schon tausende Male getan hätte.

Doch heute sollte etwas ganz Neues beginnen – ich wusste es nur noch nicht.

Ich schaute hinaus in den Nieselregen und sinnierte über meine Plakatidee: Ich wollte eine fliegende Eisenbahn über den Köpfen begeisterter, großäugiger Kinder kreisen lassen und malte mir in Gedanken eine erste Skizze aus. Da sah ich ihn. Am Fenster gegenüber stand ein Junge – er mochte etwa drei oder vier Jahre alt sein – in einem blau-weiß-gestreiften Pyjama. Er stand regungslos da und sah zu mir herüber, einen Teddybären unter dem einen Arm, von dem nur Kopf und Vorderbeine zu sehen waren, und der ebenfalls zu mir herüberzusehen schien.

Ich versuchte mich wieder auf meine Idee zu konzentrieren und suchte einige Stifte und Papier zusammen, schob – wie immer, wenn eine Idee dabei war, vor mir aufs Papier zu hüpfen – alles einige Male auf dem Schreibtisch hin und her, öffnete die Kappe des Zeichenstifts und sah noch einmal hoch. Da stand der Junge noch immer – regungslos in derselben Haltung und Position wie vor ein paar Minuten.

Und die Idee war weg. Genauso schnell, wie sie gekommen war, war sie wieder verschwunden! *Mist!*

Ich seufzte, schloss die Kappe des Stifts wieder und sah noch einmal aus dem Fenster. Immer noch stand der Junge da und sah mich an. Ich fühlte mich beobachtet, angestarrt – nein: wenn ich ehrlich war, fühlte ich mich ertappt. Ich wusste nur nicht, wobei. Einen Moment starrte ich zurück, dann hob ich langsam die Hand – nur ein wenig, ich wollte nicht zu plump wirken. Dann winkte ich unbeholfen zu ihm hinüber. Keine Reaktion.

Er stand einfach nur da und sah mich an.

Wieder versuchte ich, mich auf meine Arbeit zu konzentrieren. Es klappte nicht. Das Bild des Jungen, wie er da regungslos mit seinem Teddybären unter dem Arm im Fenster stand, war irgendwie stärker als meine fliegende Eisenbahn.

Ich holte mir erstmal einen Kaffee. Als ich zum Schreibtisch zurückkam, war der Junge verschwunden. Ich atmete tief durch und machte mich – seltsam erleichtert – wieder an die Arbeit.

Das war unsere erste Begegnung, wobei man ja eigentlich nicht von einer richtigen Begegnung sprechen konnte. Immerhin trennten uns ja schätzungsweise acht Meter Straßenabstand, und gesprochen hatten wir auch nicht miteinander. Nein, er hatte ja noch nicht einmal zurückgewinkt, dieser Junge von gegenüber. Und doch waren wir uns auf eigenartige Weise tatsächlich begegnet.

Er stand jetzt häufig am Fenster – meist an den Nachmittagen, an denen es nun schon früh dunkel wurde und nur der Lichtschein aus den Fenstern der Häuser erkennen ließ, dass sie bewohnt waren. Die dunklen Fenster blickten mit leeren Augen in die Stadt und hatten etwas Einsames, Verlassenes, das mich immer unangenehm berührte. Erleuchtete Fenster dagegen erzählten Geschichten vom Leben hinter ihren Scheiben, von Menschen, die dort lebten, arbeiteten, kochten, Besuch hatten, Musik hörten oder Bücher lasen.

Der Junge stand ein paar Mal einfach nur da und sah mir beim Arbeiten zu. An diesen Nachmittagen konnte ich mich kaum konzentrieren. Immer wieder wanderte mein Blick zu ihm hinüber, hoffte ich auf eine Regung, eine Kontaktaufnahme. Doch nichts passierte. Eines Tages, ich hatte mir gerade einen frischen Kaffee geholt und stand mit dem dampfenden Becher in meiner Hand am Fenster, war er wieder da. Wieder trug er den gestreiften Pyjama, hatte seinen Teddybären – diesmal mit dem Gesicht nach unten – im Arm und blickte zu mir herüber. Ich winkte – diesmal selbstbewusst und auffällig. Ich hob den ganzen Arm und winkte was das Zeug hielt. Irgendwann, als wieder keine Reaktion von dem Jungen kam, ließ ich den Arm enttäuscht sinken, hob seufzend die Schultern und schüttelte den Kopf.

Und in diesem Moment hob der Junge seine freie Hand und winkte zurück – er winkte tatsächlich zurück! Ich kann gar nicht beschreiben, welche Freude mich übermannte, kann nicht einmal sagen, warum. Aber sofort hob ich wieder den Arm und winkte. Ich winkte und winkte, und der kleine Kerl winkte zurück. Minutenlang winkten wir uns zu – zwei Fremde, von ein paar Schatten der Nacht, etwas schneematschigem Regen und acht Metern Luftlinie getrennt, und ich fühlte mich seit langem aus tiefstem Herzen glücklich.

Mein Telefon klingelte, und ich musste vom Fenster zurücktreten, um ranzugehen. Im Weggehen versuchte ich, den aufgebauten Blickkontakt zu halten, doch das Telefon lag zu weit weg. Ich musste quer durchs Zimmer gehen, und als ich mit dem Hörer am Ohr wieder zum Fenster zurückkam, war der Junge fort. Eine kleine Lampe brannte in dem Zimmer auf der anderen Straßenseite, aber der Junge war nicht mehr zu sehen.

Seither wartete ich jeden Tag, sobald es dunkel wurde, auf ihn. Ich richtete sogar meinen Arbeitsrhythmus darauf ein – selbstverständlich ohne, dass ich mir das zunächst selbst eingestand. Unser frühabendliches Treffen wurde zu einem Ritual, an dem wir beide unsere Freude zu haben schienen. Mit der Zeit lächelte der Junge, und nach wiederum einer ganzen Weile hob er sogar den Arm seines Teddybären hoch zum Winken. Schon wenig später schnitten wir uns gegenseitig Grimmassen. Unsere heimlichen Treffen wurden zu einer wortlosen täglichen Verabredung, auf die ich mich wie ein Kind freute. Sie wurden zu einer regelmäßigen Arbeitspause – zu meiner neuen sozialen Kontrolle. Ich holte mir Kaffee, stand am Fenster, tat eine Weile nichts, und dann kam mein kleiner Freund im Pyjama.

Eines Abends, es war kurz vor Weihnachten, war das Zimmer gegenüber hell erleuchtet. Irgendetwas verdeckte vollflächig den Einblick in die Scheiben – jemand hatte die Fenster verhängt oder zugeklebt. Auf der großen, weißen Fläche, die von einer Lampe von hinten beleuchtet wurde, erkannte ich Zeichnungen. Es waren Kinderzeichnungen, offenbar mit Fingerfarben an die Fensterscheiben gemalt. Ich erkannte einen Mann, der an seinem Schreibtisch saß und sich die Haare raufte. Sollte *ich* das etwa sein?! Auf dem Tisch lagen Stifte und Papier, Aktenstapel und Bücher – genauso sah es bei mir aus. Und natürlich stand auch ein Kaffeebecher auf dem Tisch! Der Junge hatte *mich* gemalt...

Vor Aufregung wusste ich gar nicht, was ich zuerst tun sollte. Ich räumte alles Überflüssige von meinem Schreibtisch und rückte das ganze Möbel dann ächzend und schnaufend ein Stück vom Fenster weg. Langsam öffnete ich die Kappe meines Whiteboardstiftes, und dann malte ich... Ich malte auf meine Fensterscheibe einen kleinen Jungen, der einen Teddybären im Arm hielt und winkte. Ich kam richtig in Fahrt und malte eine große runde Gaube über seinen Kopf und deutete das angrenzende Dach an. Dann malte ich Wolken und eine lachende Sonne an den imaginären Fensterhimmel und verlor mich in allerlei Details. Irgendwann war die ganze Scheibe vollgemalt, und mir ging der Platz aus. Ganz außer Atem verschloss ich den Stift. So etwas hatte ich schon lange mehr gemacht – an eine Fensterscheibe malen, aber mehr noch: aus vollem Herzen, aus ganzer Seele heraus malen. Jeder Strich war leicht gewesen, war einfach „passiert". Ich hatte nicht darüber nachgedacht, welche Wirkung ich mit dem Bild erzeugen wollte. Ich hatte einfach nur für meinen Freund gemalt...
Und es fühlte sich herrlich an!

Am nächsten Tag war das große Laken oder Papier oder was immer sein Fenster von hinten überspannt hatte, wieder verschwunden, aber die Zeichnungen – seine ebenso wie meine – blieben an den Fenstern. Der Junge strahlte am nächsten Abend – er lächelte nicht, er strahlte. Und genauso strahlte ich zurück.


Weihnachten kam und ich arbeitete – wie immer auch über die Feiertage. Anfang Januar wartete eine wichtige Präsentation auf mich, und ich war noch weit hinter dem Plan zurück. Meine Eltern leben nicht mehr, Geschwister habe ich keine – wozu also Weihnachten feiern? Nachmittags, als in den Fenstern der Wohnungen die Weihnachtsbäume zu erstrahlen begannen und die Familien ihre Geschenke auspackten, saß ich an meinem Schreibtisch und machte einige Skizzen für die Präsentation.

Bikinimoden – ein wahrhaft winterliches Thema!

Als ich schließlich – es war schon nach zehn Uhr abends – die Taglichtlampe auf meinem Schreibtisch löschte und auf einen letzten Drink ins Wohnzimmer gehen wollte, sah ich blaues Licht über meine Zimmerdecke gleiten. Genauer gesagt durchquerte das blaue Licht einmal mein ganzes Zimmer, zog sich an den Wänden entlang, streifte Möbel und Bilder, glitt ein

Stück an der Decke entlang und zog dann hinaus aus dem Fenster, während es auf der anderen Seite wieder von vorn zu wandern begann.

Ich hielt inne und folgte dem Licht. Es waren Elefanten, kleine blaue Elefanten, die da – einer nach dem anderen – über das Firmament meines Zimmers marschierten, sich im veränderten Einfallwinkel etwas verzerrten und schließlich, zu ihrer ursprünglichen Form zurückkehrend, aus dem Fenster trabten. Ich folgte ihrem Zug und entdeckte im Fenster gegenüber eine jener „magischen Lampen", die ich schon in einigen Geschäften gesehen hatte. Sie sind aus bedruckter Folie, die sich langsam um eine Glühbirne herum dreht. Dadurch erzeugen sie bunte, wandernde Schattenbilder überall, wo sie auftreffen.

Mein Freund von gegenüber hatte mir ganz offensichtlich die Lampe ins Fenster gestellt und die blauen Elefanten zu Besuch herübergeschickt. Ich stand im Halbdunkel des Zimmers und folgte dem Elefantenmarsch ein ums andere Mal. Meine Augen konnten sich nicht sattsehen an diesem faszinierenden Schauspiel – ich fühlte mich wie ein Kind an Weihnachten... Nun ja, es *war* ja auch Weihnachten! Ich lächelte. Was für ein wundervolles Geschenk! Nichts hätte mir heute abend mehr gefallen können, als diese Horde kleiner blauer Elefanten.

Als ich Mitte Januar von meiner Geschäftsreise zurückkehrte – die Präsentation war erfolgreich verlaufen und
die Agentur (und damit ich) hatten den Zuschlag
erhalten – betrat ich mit Mantel, Koffern und einem
Stapel Post, den ich zuvor aus dem Briefkasten gefischt
hatte, meine Wohnung. Schließlich im Arbeitszimmer
angekommen, warf ich die Briefe auf meinen Schreibtisch, angelte nach dem Brieföffner und begann, am
Fenster stehend, den Brief in meiner Hand aufzu-
schlitzen. Doch mitten in der Bewegung hielt ich inne.
Was war das??
Die Wohnung gegenüber war leer. Vollständig, gänzlich, absolut leer! Ich blinzelte ein paar Mal mit den
Augen, mir wurde heiß und wieder kalt, ich fuhr mir
mit der Hand über das Gesicht. Die Wohnung war
und blieb leer – mein kleiner Freund verschwunden.

Ich spürte, wie mein Herz raste und sich eine unglaub-
liche Traurigkeit in mir ausbreitete. Ein dicker Kloß
bildete sich in meinem Hals und meine Briefe interes-
sierten mich nicht mehr. Er war fort. Es würde keine
weiteren Verabredungen mehr geben. Er war fort, und
ich hatte mich nicht einmal verabschieden können...

Natürlich habe ich in den darauffolgenden Wochen
versucht herauszufinden, was geschehen war. Jonas –
so hieß der Junge von Gegenüber, wie ich vom Haus-

meister erfuhr, der sich endlich erbarmte, mir zu antworten – also: Jonas und seine Mutter waren ausgezogen, ganz kurzfristig. Aber warum und wohin – warum sollte man mir, einem Fremden, darüber Auskunft geben? Ich sollte es nie herausfinden.

Doch Jonas fehlte mir. Immer wieder schaute ich zu dem verlassenen, dunklen Fenster hinüber, an dem noch immer die Zeichnung des Kaffeebechers zu sehen war. Derjenige, der die Fenster geputzt hatte, hatte ihn nicht mit fortgewischt. Auf meinem Fenster war noch das ganze Bild, das ich gemalt hatte, erhalten geblieben. Ich konnte es nicht wegwischen, auch wenn Jonas nun nicht mehr da war.

Doch auf wundersame Weise blieb Jonas bei mir... er blieb als unsichtbarer Aufpasser in meinem Kopf und achtete auch weiterhin darauf, dass ich zwischen all meiner Arbeit die Pausen nicht vergaß, nicht vergaß, aus dem Fenster zu schauen – auch wenn schon bald andere Leute gegenüber einzogen. Noch ein paar Tage, nachdem die ersten Umzugskartons hinter dem Fenster zu sehen gewesen waren, blieb der Kaffeebecher an der Scheibe, dann verschwand auch er.

Vor ein paar Tagen – eigentlich arbeitete ich unter Hochdruck an einem neuen Auftrag, der schon am nächsten Morgen präsentiert werden sollte – schob ich alle Skizzen und Entwürfe zur Seite, nahm mir einen großen A1-Bogen und malte. Ich malte aus vollem Herzen – so wie ich es bei dem Fensterbild getan hatte, bis tief in diese Nacht.

Die Präsentation am nächsten Tag habe ich vermasselt. Aber seit jenem Abend hängt ein Plakat in meinem Zimmer, das mich immer an meinen Freund erinnert. Es zeigt einen Jungen mit wirrem, schwarzem Haar. Er trägt einen gestreiften Pyjama, hat einen Teddybären im Arm und lächelt mich an.

Bisweilen sitze ich abends in meinem Arbeitszimmer, lösche das Licht und betrachte das Plakat im dämmrigen Licht, das aus der gegenüberliegenden Wohnung zu mir herüberscheint.

Und dann ziehen in Gedanken wieder blaue Elefanten über meine Zimmerdecke.

Dann lese ich die Worte, die unter der Zeichnung stehen:

*- Jonas von Gegenüber -*

*Grimassenschneider*
*Traumverschenker*
*Lachenmacher*
*&*
*Hüter der blauen Elefanten*

# Wunderkerzennacht

Bekir sah sich im Laden um. Er hielt den Besen in der Hand, mit dem er in der letzten halben Stunde gründlich ausgefegt hatte und vor dem sich nun erneut ein Haufen aus alten Papierresten und Haaren auftürmte. Die Spiegel der drei Arbeitsplätze hatte er schon zuvor gereinigt, er hatte Staub gewischt... alles war bereit für einen neuen Arbeitstag – nächstes Jahr. Heute war der 31. Dezember, und Bekir hatte seinen etwas in die Jahre gekommenen Friseursalon am frühen Nachmittag geschlossen. Heute kam sowieso niemand mehr. Die ganze Stadt war schon in Feierlaune – Silvesterparties mit viel Feuerwerk, Musik und Tanz würde es heute nacht allerorten geben. Bekir hatte in den vergangenen Wochen die bunten Plakate und Anschläge, Flugblätter und Annoncen gesehen – es gab sicherlich kein einziges ruhiges Fleckchen in der Stadt in dieser Nacht.

Als er sich bückte, um die zusammengefegten Spuren seiner letzten Kunden in den Mülleimer zu verfrachten, spürte er wieder seinen schmerzenden Rücken. Jahre der Arbeit im Stehen und ein ziemliches Päckchen Arthritis und Rheuma machten ihm jeden Tag aufs Neue klar, dass er keine zwanzig mehr war. Nein: neunundsechzig wurde er nächsten Sommer. Neunundsechzig... Bekir schüttelte den Kopf. Wer hätte gedacht, dass er in diesem Alter noch selbst im Laden stehen und anderen Leuten die Haare schneiden würde? Zu dieser Zeit sollte eigentlich ein Jüngerer seinen Laden führen. Sein Sohn. So war der Lauf der Dinge, wie er sein sollte.

Der Mülleimerdeckel fiel mit einem metallischen Scheppern zu, und in seinem Deckel spiegelte sich die rhythmisch zuckende Lichterkette aus dem Schaufenster. Bekir beobachtete eine Weile das Flackern der kleinen Leuchten, die sich in einem roten Plastikschlauch fortzubewegen schienen. Schrecklich geschmacklos! Aber es war die einzige Dekoration, zu der er sich seit Jahren hinreißen ließ: ein durchsichtiger Plastikschlauch, der sich ohne erkennbare Form durch sein Ladenfenster schlängelte und in dem kleine Lichtpunkte einer nach dem anderen an- und wieder ausgingen und so zuckend und ruckend das Licht offenbar im Schlauch weiterbewegten... Ihm war dieser ganze Dekorationszirkus, der schon deutlich vor der deutschen Adventszeit einsetzte, immer ziemlich unsinnig erschienen. Aber kurz vor Weihnachten hatte er dann schließlich doch wieder – wenn auch ohne jeden Enthusiasmus – seinen roten Plastikschlauch ins Fenster gehängt. Und er würde ihn garantiert am Montag vor dem Öffnen wieder abnehmen, wenn der ganze Feiertagsrummel dann endgültig wieder vorüber wäre.

Neujahr... Der Alte zuckte mit den Schultern. Wie viele neue Jahre er wohl noch erleben würde? Aber sie waren ja doch alle gleich. Seit sie vor über fünfundvierzig Jahren aus Antalya hierher nach Hamburg gekommen waren, hatte sich sicherlich viel verändert, aber in den letzten Jahren? Seit Cem aus dem Haus war, stand die Zeit irgendwie still.

Cem. Warum musste er nur ständig an den Jungen denken in diesen Tagen? Es war doch nun schon fünf Jahre her, seit der Junge fortgegangen war. Im Streit waren sie auseinander gegangen, nicht einmal verabschiedet hatte er sich von seinem Vater. Wütend war er gewesen – sie waren *beide* wütend gewesen, damals. Hätte er gewusst, dass sein Sohn tatsächlich fortbleiben würde an diesem Abend, dann hätte er...

Was hätte er? fragte er sich und schüttelte energisch den Kopf. *Nichts* hätte er! *Gar nichts!* Der Junge machte einen Fehler und damit basta! Ein türkischer Junge und eine deutsche Frau – so was ging einfach nicht gut! Das musste der Junge doch einsehen. Warum war er nicht mit Yildiz zusammen geblieben? Sie war klug, hübsch und hilfsbereit. Sie war eine zupackende junge Frau mit einem wunderbaren Lächeln und noch dazu die Tochter seines besten Freundes, Semir. Semir besaß eine Schneiderei, die Yildiz eines Tages übernehmen würde. Alles wäre gut. Aber Cem... Er musste sich mit dieser Deutschen zusammentun.

Wütend knallte Bekir die Schranktür zu, hinter der er seinen Mantel hervorgeholt hatte. Unwirsch schlüpfte er hinein, schlang sich in einer eiligen Bewegung den Schal einmal um den Hals und begann, den Mantel zuzuknöpfen, während er zur Ladentür ging. Durch das große Fenster schaute er hinaus auf die Straße, wo schon die ersten Knallfrösche und Raketen zu hören waren. Jedes Jahr fingen die Bengel früher an zu knallen, dachte der Alte und schlug sich den Mantelkragen hoch. Er löschte das Licht mit einem letzten Blick durch den Laden, öffnete die Tür und trat hinaus auf den regenfeuchten Bürgersteig. Die Türglocke bimmelte noch im Inneren, als er langsam den Schlüssel umdrehte und in die Manteltasche stopfte.

Sein Atem formte kleine Wolken vor Mund und Nase und er blickte sich in seiner Straße um. Hier hatte er sein Friseurgeschäft nun seit fast zwanzig Jahren. Es war keine wohlhabende Gegend. Zwischen Reeperbahn und Hafen gelegen, lebten hier zumeist Arbeiter, Sozialhilfeempfänger, Junkies, Prostituierte, einige Juppies, die es schick fanden, in „so einem" Stadtteil zu wohnen, und natürlich Ausländer wie er. Ja, obwohl er schon über vierzig Jahre hier in Hamburg lebte, fühlte er sich noch immer als Ausländer. „Der Türke mit dem Friseurladen" – das war er. Immer noch. Und das würde sich auch nicht ändern.

Bekir seufzte und zog die Schultern in seinem Mantel hoch. Es war nasskalt und ungemütlich. Er sollte machen, dass er nach Hause kam.

Der Weg führte ihn über Gehwegplatten, auf denen nasse Papierfetzen und Papphülsen von Feuerwerkskörpern klebten, einen Häuserblock weiter in Richtung Hafen. Das Licht der Straßenlaternen spiegelte sich matt auf dem Kopfsteinpflaster und in den Pfützen, Polizeisirenen heulten auf und ihr Geräusch verebbte wieder. Er überquerte die enge Seitenstraße, in der dicht aneinander gedrängt die Autos parkten, wartete und ließ kurz einen Krankenwagen durch, der mit lauter Sirene und Blaulicht in Richtung Reeperbahn abbog, sah ihm kurz nach und erreichte ein paar Schritte später den vertrauten Hauseingang. Wie immer – ein Reflex – schaute er von unten an der dunklen Hausfassade empor, vorbei an den einstmals weißen, jetzt schmuddeligen Balkonen, bis hinauf zum sechsten Stock. Natürlich brannte kein Licht. Es brannte schon seit drei Jahren kein Licht mehr, wenn er nach Hause kam. Aber dennoch schaute er hoch.

Unten, in dem schicken Lokal, das seit einiger Zeit in ihrem Haus seinen Betrieb aufgenommen hatte, waren die Vorbereitungen für die Silvesterparty schon in vollem Gange. Laute Musik hämmerte dumpf aus dem Inneren, stampfende Takte, in denen sich der ganze Gehsteig auf und ab zu bewegen schien. Bekir schloss die Tür auf und betrat den dunklen Hausflur. Es roch nach Kohl und Zigarettenqualm, nach Alkohol und armen Leuten. Es war ein vertrauter Geruch.

Knackend ging das Treppenlicht an, und Bekir stieg die abgewetzten Stufen hinauf. Auf den Podesten zwischen den Treppen machte er immer wieder Halt und schöpfte Atem. Und wie jedes Mal las er dabei die Namen der Leute, die auf den billigen Klingelschildern standen: *Wagner, Reuter, Wiczyskinsky, Üzkür, Schäfer, Yildirim...* Unterwegs musste er mehrmals das Treppenlicht wieder anschalten – immer vorsichtig darauf bedacht, nicht aus Versehen einen Klingelknopf zu erwischen, der direkt neben dem Lichtschalter lag. Schließlich erreichte er den sechsten Stock, fingerte wieder sein Schlüsselbund aus der Tasche und schloss auf. Die alte Holztür öffnete sich knarrend, der Wohnungsflur war dunkel und der muffige Geruch einer unbewohnten Behausung empfing ihn. Bekir räusperte sich und schloss die Tür. Seine Schuhe stellte er gleich links neben der Wohnungstür auf die alte Fußmatte, er hängte seinen Mantel auf den Haken ganz rechts. Die übrigen Haken waren leer, doch er hängte seinen Mantel immer auf den Haken ganz rechts. Den Schlüssel steckte er von innen auf die Tür und schloss zweimal um, dann schloss er auch den kleinen schiefen Metallriegel oberhalb, der niemanden vom Einbrechen abhalten würde. Wieder räusperte er sich und betrat die kleine Küche. Das abgewetzte Linoleum quietschte unter seinen Schritten, er nahm sich Butter und Käse aus dem Kühlschrank, strich sich eine Scheibe Brot – Supermarktbrot. Kein selbst gebackenes, wie seine Frau es immer gebacken hatte. Köstliches, frisches Brot mit Kräutern oder Oliven...

Seufzend schaltete er die altmodische Küchenlampe aus und ging ins Wohnzimmer. Er zog die Gardinen zur Seite, setzte sich in seinen Sessel und begann zu essen. Supermarktbrot mit Supermarktbutter und Supermarktkäse. Das Flurlicht warf etwas schlammiges Licht ins Wohnzimmer, ansonsten war es dunkel. Draußen nahmen Lautstärke und Häufigkeit der Knallkörper zu, die krachend und qualmend in den engen Häuserschluchten und auf Hinterhöfen detonierten.

Den ganzen Abend verbrachte der Alte so im Halbdunkel. Wie jedes Jahr, seit Leyla tot war. Früher, als seine Frau noch lebte, hatte sie alle nur möglichen Köstlichkeiten für ihn gekocht: *Hindi* – gebratener

Truthahn nach dem Rezept seiner Mutter – und ihr unvergleichliches *Fava*-Bohnenmus, gefüllte Weinblätter, frisches Brot... Sie hatten zusammen das Jahr verabschiedet, getrunken, ja sogar in ihrem kleinen, schäbigen Wohnzimmer getanzt. Er hatte den Tisch zur Seite gerückt, und sie hatten zu türkischer Musik getanzt. Ausgelassen. Fröhlich. Lebendig.

Der Streit mit Cem hatte seiner Leyla das Herz gebrochen. Als der Junge fortging, nahm er das Herz seiner Mutter mit sich. Sie hat nie wieder gelacht. Sie hat nie wieder getanzt. Nur gehofft und gewartet.


Bekir saß bewegungslos in seinem Sessel und beobachtete die Fenster des neuen Hotels, das gegenüber gebaut worden war. Zwanzig Stockwerke hoch war es und überragte das ganze Viertel. Viele hundert Fenster schauten wie schwarze Augen über die Stadt, in den unteren Etagen spiegelten sich die Lichter in ihnen. Je weiter oben die Fenster lagen, desto kälter und schwärzer starrten sie in die Nacht. Bis sich ein Gast erbarmte und das Licht hinter ihnen einschaltete. Manchmal nur für einen Moment, manchmal auch länger erhellten sich dann die Augen mit einem goldgelben Lichtschein, und bisweilen stand jemand an einem der Fenster und schaute in die Nacht – genauso wie er selbst.

Auch in dieser Nacht war das Leben nur außerhalb seiner Wohnung in Feierlaune. Bekir sah die ersten Feuerwerksfontänen nicht, die den Nachthimmel oberhalb seiner Wohnung erhellten. Er hörte nicht die Menschen, die unterhalb seines Balkons in immer größeren Gruppen Richtung Hafen zogen. Von der Kreuzung vor seinem Haus bot sich wie durch einen schmalen Korridor ein Blick auf den nächtlichen Hafen, der beleuchtet von tausend Lampen und Scheinwerfern totenstill und verlassen auf Mitternacht zu warten schien.

Hin und wieder zogen ein paar beleuchtete Dampfer und kleinere Boote ihre keilförmige Bahn durch das tiefschwarze Wasser. Die Wellen, die sie verursachten, machten für einen Moment die schwarzglänzende Fläche lebendig und die Spiegelbilder der Laternen verwischten durch sie zu geisterhaften goldenen Schlieren, die nur ganz allmählich wieder zu ihrer ursprünglichen Form und Silhouette fanden.

All das kannte Bekir, der sechs Stockwerke über den Köpfen der Menschen im Halbdunkel im Sessel saß, Seite an Seite mit der trüben Einsamkeit seiner Wohnung, von deren Wänden ihn die Bilder seiner Familie, seiner Eltern und Freunde anstarrten.

Am immer lauter werdenden Lärm auf der Straße erkannte Bekir, dass es Zeit war. Langsam und mit schmerzenden Gliedern erhob er sich aus seinem Sessel, brachte seinen Teller in die Küche und griff nach dem kleinen papiernen Päckchen, das er dort schon bereitgelegt hatte, ebenso wie nach der Streichholzschachtel. Im Wohnzimmer zurück öffnete er die Balkontür und trat hinaus. In diesem Augenblick wurde unten gezählt: ZEHN, NEUN, ACHT...

Bekir öffnete das Päckchen. Er hatte keine Ahnung, warum er das hier machte. Aber er machte es jedes Jahr. Leyla hatte es so gemacht, und es war ihr immer sehr wichtig gewesen. Wusste der Himmel, warum.

Er tat es für sie.

❧❦❧

Ein Pärchen näherte sich der Kreuzung, in deren Kopfsteinpflaster sich die ersten Leuchtkugeln und Feuerwerksraketen spiegelten, vorbei an kleinen Läden, in deren stillen Fenstern nur die zumeist hässlichen Dekorationen Zeugnis davon ablegten, dass diese Gegend nicht schon vollständig verlassen war. Der junge Mann zog die Frau liebevoll an die Häuserwand eines Hotels an der Straßenecke, und er legte seine Arme von hinten um ihre Schultern. Er zog seine Handschuhe aus, küsste ihr Gesicht inmitten des ausgelassenen Freudentaumels der Menschen um sie herum und fingerte eine Wunderkerze aus seiner Jackentasche. Die Menschenmenge zählte: SIEBEN. SECHS. FÜNF. – Sein Feuerzeug klickte und die kleine Flamme tanzte vor ihren Augen. VIER. DREI. ZWEI. – Langsam senkte er die Wunderkerze in die Flamme. EINS. NULL!

Zischend wirbelten die zackigen Funken um die Wunderkerze und verglühten tanzend auf der Jacke der jungen Frau. Im flackernden Licht blickten sie beide nach oben. Hunderte Feuerwerkskörper malten Lichterregen und Funkenfontänen in den schwarzen Nachthimmel und ganz oben, im sechsten Stock, brannte eine Wunderkerze.

„Sie ist da", flüsterte Cem.
„Ja", lächelte Sabine. „Deine Mutter ist da. Es geht ihr gut."

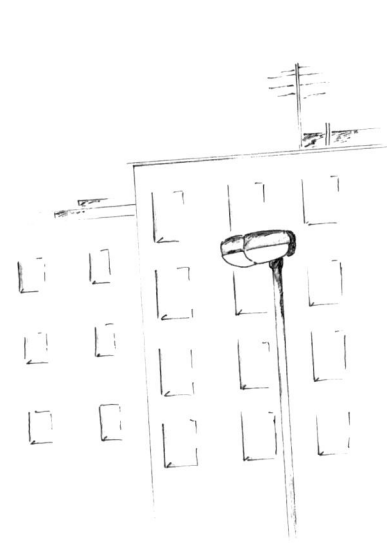

*Im Buchhandel erschienen*

# Strandgut – Geschichten mit Meerblick

Als Buch-, Hörbuch- und eBook-Ausgaben

Die zwei bisher veröffentlichten Bände sind stimmungs-
volle Sammlungen besinnlicher Kurzgeschichten von
Menschen und ihren Meeren. An Schauplätzen überall
auf der Welt – kleinen Fischerdörfern, stillen Stränden,
einsamen Landschaften, verwitterten Leuchttürmen –
fügen sich Gischt und Meeresrauschen zusammen mit
den Schicksalen und Alltäglichkeiten verschiedener Menschen, ein wenig Magie und viel Poesie...
Strandspaziergänge der besonderen Art.

**Band 1 – Buch**   ISBN 978-3-8391-5625-4
140 Seiten, gebunden – 16,75 €

**Band 1 – Hörbuch**   ISBN 978-3-00-030591-7
Lesung, 2 CDs – 12,75 €

**Band 2 – Buch**   ISBN 978-3-8423-4720-5
140 Seiten, gebunden – 16,75 €
*Beide Ausgaben sind auch als eBook erhältlich*

## Der Duft nach Sommer

Eine Erzählung

Kindertage auf dem Dorf, erste Liebe, Kinderphilosophie, viel Lokalkolorit und eine Prise Romantik machen aus dieser Erzählung einen kleinen sommerlichen Spaziergang voller Erinnerungen...

zum Selberlesen oder Verschenken!

**Buch**   ISBN 3-8280-2130-1
48 Seiten, Paperback – 5,90 €

*Aus der Mini-Bücher-Reihe erschienen*

## Schattenbilder
Eine Kurzgeschichte

Es ist die Geschichte eines Mannes, der sein Leben lang auf der Suche ist. Durch eine zufällige(?) Begegnung in einer Galerie erhält er nun vielleicht den entscheidenden Hinweis...

Eine Geschichte zum Nachspüren – eine Geschichte zum Verschenken.

Format 10,5 x 10,5 cm , 12 Seiten
1,00 € pro Stück

*Dieses kleine Geschenkbüchlein ist nicht im regulären Handel erhältlich!*

*Alle Infos zur Bestellung unter www.karin-buchholz.com*

## Ein Stern für Paul

Eine weihnachtliche Kurzgeschichte.

Paul verbringt Weihnachten allein in Hamburg. In einer Kneipe inmitten der nächtlichen Stadt begegnet er einem Kaufhausweihnachtsmann und erlebt sein ganz persönliches Weihnachtswunder.

Eine besinnlich-schmunzelnmachende Geschichte zur Weihnachtszeit – und eine schöne Geschenkidee für liebe Menschen - ob im Adventskalender, unterm Weihnachtsbaum oder „einfach so"…

Format 10,5 x 10,5 cm , 24 Seiten
1,50 € pro Stück

*Dieses kleine Geschenkbüchlein ist nicht im regulären Handel erhältlich!*

*Alle Infos zur Bestellung unter www.karin-buchholz.com*